붕붕
할아버지

저자 **심규덕**

창조와 지식

붕붕 할아버지

초판 1쇄 발행 2015년 11월 25일
2쇄 발행 2024년 03월 20일

지은이_ 심규덕
펴낸이_ 김동명
펴낸곳_ 도서출판 창조와 지식
디자인_ (주) 북모아
인쇄처_ (주) 북모아

출판등록번호_ 제2018-000027호
주소_ 서울특별시 강북구 덕릉로 144
전화_ 1644-1814
팩스_ 02-2275-8577

ISBN 978-89-94031-86-6 03800

지식의 가치를 창조하는 도서출판 **창조와지식**
www.mybookmake.com

붕붕
할아버지

　세상을 살며 대단한 일을 한 사람들은 신문에 나고, 훌륭한 삶을 산 사람들은 위인전에 그 이름을 싣습니다. 본받을 만한 사람들의 이야기를 글로 만들어 많은 이들에게 각인시키고 후대에도 길이 남기고자 하는 이유에서지요. 그렇지만 세상을 돌아가게 하는 건 어쩌면 우리네들처럼 평범한 사람들일 것입니다. 어쩌다 매스컴에 한번이라도 이름을 실으면 두고두고 간직하며 사람들에게 자랑을 하기도하고, 기념일을 잊고 싶지 않아 사진으로 간직하며 이름 없이 살다가는 평범한 사람들 말이지요. 그러면서도 자기에게 주어진 일에 최선을 다하고, 그런 속에서 주변에 적지 않은 감동을 주었던 사람들도 많습니다. 다만 활자가 아닌 우리들 기억 속에서만 남아서 시간이 지나면 자연스레 잊히고 후손들은 그 사람이 살다 갔다는 것조차 모르게 되기 쉽지요.

　필자의 할아버지께서는 얼마 전 세상을 떠나셨습니다. 군 복무 중이라 곁을 지켜드리지 못해서인지 더 많이 속상하고 죄송한 마음뿐이었지요. 처음엔 죄인이 된 것 같은 마음에 눈물도 많이나고 입맛도 없어서 끼니를 거르는 일도 허다했습니다. 그렇지만 한 달이 지나고 두 달이 지나니, 거짓말처럼 눈물이 멎고 생활관에서 TV를 보며 웃는 일도 많아졌습니다. 기다리던 휴가를 나가면 부모님과 맛있는 음식도 먹고, 친구들을 만나 놀기도 합니다. 조부모님께서 계시는 여주의 산소에 가서 또 한 번 눈물을 쏟아내기도 하지만, 그 역시 잠시뿐 곧 다시 일상 속으로 돌아가곤 하지요.

그렇게 바쁜 하루를 보내고 오랜만에 집에 있는 내 침대에 누우면 참 많은 생각들이 교차합니다. 친구들과 웃고 떠들며 먹은 저녁식사 생각도 나고, 내일 만날 사람들도 생각나고, 그리고 다시 부대로 들어갈 날을 따져보며 아쉬운 마음도 듭니다. 그렇지만 천장을 보며 누워있는 침대, 방, 화장실, 마룻바닥 그 어느 곳 하나 할아버지 흔적이 안 배인 곳이 없습니다. 어쩌면 제가 누리고 있는 모든 건 할아버지로부터 물려받은 것이겠지요. 한 가지 쓸쓸한 건, 이제 이 모든 건 아버지 것이 될 것이고, 또 내 것이 될 것이고, 언젠가는 제가 또 누군가에게 물려주는 날이 온다는 사실입니다. 그러다보면 이 집을 지으신 할아버지께서 이 집에 살고 계셨다는 사실조차 모르는 누군가가 이 집의 주인이 되는 날도 오겠지요.

그런 생각을 하니 당연한 일인 줄 알면서도, 괜스레 아쉽고 서운하고, 부정할 수 없는 세상의 순리가 원망스럽기만 합니다. 늘 존경하고 감사하고 사랑했던 할아버지께서 이제 이 세상에 계시지 않는다는 사실도 속상하지만 점점 그 분의 흔적들은 자연스레 사라져가고, 우리들 마음속에서 조차 흐릿해져간다는 사실이, 다시는 들을 수 없는 그 분의 목소리마저 언젠간 떠올릴 수도 없을 거란 사실이 서글프게만 느껴집니다.

지난해 작은 집에 쌍둥이 동생들이 태어났습니다. 스무 살도 더 차이나는 너무나도 기다리던 늦둥이 동생들이어서인지 더 예쁘고 귀엽기만 합니다. 온가족의 사랑을 독차지하면서 크는 동생들이 부럽기도 하지요.

그렇지만 한편으로 그런 동생들을 보면서 할아버지의 사랑을 받지 못하고 살아간다는게 가엽고 미안한 마음마저 듭니다. 또 점점 자라가는 작은 몸짓들을 보며 사람은 참 천천히 크는 동물이라는 걸 다시금 깨닫습니다. 산짐승들은 태어나면 얼마 지나지않아 기어 다니고 곧 먹이사냥을 시작하지요. 날짐승들은 몇 달이면 하늘을 자유롭게 날아다닙니다. 심지어 애완동물들은 1년이면 똥오줌을 가리기까지 합니다. 그런데 사람은 태어나서 몇 달간은 제 목을 가눌 힘도 없고, 초등학생이 되어서도 이불에 지도를 심심치 않게 그립니다. 그러고도 한참을 다치기도 하고 틈틈이 아프기도 하여 부모님의 걱정 속에 살고, 사춘기 때는 그런 부모님과 때때로 맞서기도 합니다. 그렇게 강산이 두어 번은 바뀌어야만 비로소 부모님의 도움 없이 자립할 수 있게 되고 밥벌이를 하게 되며, 거기서 또 한 세월은 흘러야만 부모를 봉양합니다. 어쩌면 짐승보다 한참 더딘 성장과정을 거치는 것이지요.

그렇지만 사람이 짐승보다 나은 점이 있다면 기억을 하는 것일 겁니다. 부모님의 사랑을 기억하고, 자식들을 기르며 부모의 마음을 이해하고, 부모님이 연로해지시면 봉양하고, 부모가 떠나고 나서는 한바탕 서글픈 눈물을 흘리고 나서 두고두고 부모를 추억하며 일생을 살아갑니다. 명절 때나 기일이면 아침 일찍 부모님을 모신 곳에 가서 각자의 방식대로 인사를 드리고 또 한바탕 눈물을 쏟아내기도 합니다. 그렇게 살아계실 적에 부모님의 은혜를 다 갚지는 못하여도 두고두고 그 분들을 생각하며 기리는 것이 다른 짐승들과 다른 점이지요.

흔히 부모님의 무릎 아래, 슬하에서 자란다는 말들을 합니다. 서너 살이 되기 전까지 혼자 앉아있지도 못하는 사람은 부모님 무릎에서 자라는 동안 참 손이 많이 가는 동물입니다. 그래서 부모님이 떠나시고 나면 슬하에서 자랐던 시간만큼 삼년상을 지내는 전통도 있지요. 이러한 것들을 뭉뚱그려 우리는 '효'라고 합니다. 역시 사람은 더딘 동물이기에 부모님 살아생전에 다 하지 못한 것을 두고두고 실천하는 뒤늦은 효의 전통도 갖고 있는 것이지요.

저희 할아버지께서도 우리네들과 같이 평범하신 분이셨고, 그래서 이제는 점점 잊혀가지만, 그런 속에서도 열심히 본인에게 주어진 삶을 살아 여러 사람들에게 깊은 영감을 주신 분이셨으리라 믿어 의심치 않습니다. 필자는 그런 할아버지의 장손으로 태어나 지난 이십년 동안 분에 넘치는 사랑을 받으며 그분의 슬하에서 자랐습니다. 그런 할아버지의 손자로 태어나 살 수 있어서 정말 행복했습니다. 그렇지만 할아버지께서는 이제 세상을 떠나셨고, 우리는 그분의 흔적 속에서 살아가지만 이 또한 잊고 사는 날이 오겠지요.

어릴 적 할아버지께 글씨 쓰는 법을 배운 기억이 납니다. 네모반듯한 깍두기 노트에 한 자, 한 자 정성껏 알려 주셨던 할아버지께서 병실에서 마지막으로 쓰셨던 '퇴원'이라는 두 글자는 우리 가족 마음에 영원히 시린 기억으로 남아있을 것입니다. 그래서 이 글은 평범하지만 존경하고 사랑하는 할아버지께 은혜 받고 살아가는 모든 이들에게, 저희 할아버지를 잊지 말아 달라는 부탁의 글이기도 하지요.

그런 의미에서 우리 모두의 삶은 평범하지만 누군가에게는 깊은 의미를 주고, 또한 비견할 데 없이 가치 있는 삶입니다. 널리 사람들에게 인정받고 위인으로 추앙받지 못하더라도, 가족들에게 그리고 지인들에게 우리는 적지 않은 감동을 주고 세상을 떠나게 될 테니까요. 들판에 피어 눈에 띄지는 않아도 하나 둘 모여 아름다운 경관을 만드는 들꽃들처럼 우리네들의 삶이 여러 사람들에게 감동을 주는 가치 있는 이야기임을 보여주는 첫걸음이 되기를 기원하며, 사랑하는 할아버지 생각에 눈물로써 행복하게 이 책을 피어 내었습니다.

더불어 이 책을 쓰는데 도움을 주시고, 슬픔을 위로해 주셨던 모든 분들께 감사의 뜻을 표합니다.

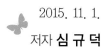

2015. 11. 1.
저자 **심 규 덕**

목차

책을 펴내며

장례식
ep01. 한 지붕 4대 가족　13
ep02. 정리　27
ep03. 관직　33
ep04. 재회　56
ep05. 노장　63
ep06. 식사　69
ep07. 군대　74
ep08. 작별　78
ep09. 꿈　　84

일기장
ep10. 유학　91
ep11. 길　　98
ep12. 사회에 첫발　107
ep13. 동장 그리고 가장　119
ep14. 기보, 경화, 미옥, 영보　123
ep15. 나무 오르기　128
ep16. 준비　142

남겨진 것들
ep17. 세대교체　149

부록
ep18. 강동구의회 속기록　193
ep19. 청송심씨(靑松沈氏)　212

장례식

한 지붕 4대 가족

××××

"심규덕 상병님 전화 좀 받아 보시겠습니까?"
"이 시간에? 누군데?"
"경호팀장입니다."

아침 6시 30분. 모두들 덜 깬 눈을 하고 관 속에서 일어난 좀비 마냥 점호장으로 향하고 있을 때 내 앞으로 걸려온 상관의 전화. 눈앞에선 인수가 전화기를 내 쪽으로 내밀고 있지만 간밤의 설친 잠과 그 속에서의 기묘한 꿈 때문이었을까? 전화를 받기가 망설여지고 수화기는 천근만근 무겁게만 느껴진다.

"필승! 상병 심규덕입니다!"
"어 규덕아! 지금 당장 휴가 나갈 준비해서 사무실로 내려와."
"네... 알겠습니다..."
"뚜우 뚜우"

수화기 너머로 끊겨진 전화 소리가 하염없이 흘러나온다. 다시 인수에게 수화기를 주려다 손이 풀려 그만 떨어뜨리고 말았다.

××××

13

"왜 그러십니까? 무슨 일 있으십니까?"
"아니야. 나 휴가 좀 나갔다 올 테니까 경호팀 다 들어오라고 해."
"네 알겠습니다."

급한 마음에 서둘러 옷을 입으려는데 팔다리에 힘이 하나도 없다. 잠에서 덜 깨어서인지... 그런 거겠지. 그런 거여라.
세면실로 가 간밤에 낀 눈곱만 떼어내고 사무실로 달려간다.

"필승!"
"어디로 가야하는지 알고 있어?"
"네! 알고 있습니다."
"울지 말고! 마음 단단히 먹으라니까. 휴가 처리는 알아서 해 줄 테니까 일단 가봐."
"네! 그럼 잘 다녀오겠습니다! 필승!"
"끼이익 쿵!"

사무실 문이 닫히고 설마 했던 작은 희망마저 사라져 버리며 내 마음도 쿵 하고 내려앉았다. 다리가 풀렸다.

"흐으으윽..."

씻지 못해 메마른 내 얼굴 위로 한 방울 눈물이 흘러내려왔다. 곧 봄이 오는데...

"조심히 다녀오십시오."

재영이의 말이 뒤에서 들려오지만 팔을 들어 대답할 뿐 뒤돌아 볼 수 없었다. 잘 다녀오라는 어머니 말에 현관 앞에서 들은 체도 안하고 나가 던 사춘기의 어느 때처럼...

"경희대학교 병원이요."
"어디 있는 거? 회기?"
"아니. 고덕동으로 가주세요."
"군인인가 보네. 휴가 나가는 건가?"
"네, 천천히 가주세요."
"병원은 왜? 누가 편찮으셔?"
"네... 할아버지께서요."

달리는 택시 안, 이른 아침이라 뻥 뚫린 올림픽대로. 평소 같으면 집에 갈 생각에 신이나 빨리 가 달라고 기사님을 닦달했겠지만 익숙한 풍경이 보이면 보일수록 겁나고 무서웠다. 거짓이 아니었으면 좋겠다. 좀 전에 기사님의 물음에 답한 내 대답이.

"기사님, 전화 한 통만 쓸 수 있을까요?"
"어, 그러렴!"

기사님은 군인 손님을 태우면 이 또한 흔한 일인지 흔쾌히 휴대폰을 빌려주셨다. 아버지께 전화를 해야 하나? 하지만 슬픔에 젖은 아버지께

터져 나오는 울음을 참으며 내 전화를 받는 잔혹한 고문을 드릴 수 없었다. 사실 지금 가족들은 너나 할 것 없이 모두가 눈물바다일 것이다. 지금 병실에 있는 누구에게 전화를 해야 할지 막막하다.

"여보세요?"

"응, 오빠야 지금 부대에서 나왔는데 어디로 가면 되니?"

"병원 1508호로 와... 오빠 올 때까지 기다린다고 해서..."

"그래. 오빠 금방 갈 테니까 기다려."

길게 얘기할 수 없었다. 마지막 순간에 누가 함께 했는지. 마지막은 편안하셨는지. 남기고 가신 말씀은 없으셨는지. 그럴 리 없겠지만 혹시나 아직 떠나지 않으신 건 아닌지. 꼬치꼬치 캐묻고 싶었지만 나영이의 가녀리고 눈물 섞인 목소리에 나까지 약해질 순 없었다.

혹시나 했던 미련들이 산산조각이 나고 맑은 날이지만 차창 밖에 장대비라도 쏟아지듯 내 눈 앞은 3년 전 할머니를 보내드린 그 날처럼 촉촉하다 못해 흥건히 젖어있었다. 손가락과 손가락 사이는 콧물에 젖어 눈물을 닦아낼 수도 없었다.

"학생. 필요하면 여기 있어."

훌쩍거리는 소리를 들으셨는지. 아니면 백미러로 내 모습이 보였는지 기사님께서는 휴지를 내미셨다. 감사하단 말도 잊고 흘러나오는 눈물 콧물을 닦아냈다. 조수석에 있는 사진과 이름만 보일 뿐 얼굴도 모르는 기사 아저씨셨지만 따뜻하게 느껴졌다.

"감사합니다."

"집에 안 좋은 일이 있나보지? 그래도 할아버지와 정이 많은가 보네."

정!

그 한 글자로 표현하기는 아쉬운 할아버지와의 시간들... 손주가 주는 거면 콧물 묻은 떡도 맛있게 드셨다는 우리 할아버지. 내가 훈련소에 있을 때 추운 날씨에도 멀리 진주까지 한걸음에 달려오셨던 할아버지. 이젠 그 먼 길을 홀로 이리도 급하게 가셨단 말인가.

"그럼요. 사람들이 손자가 아니라 환갑에 낳은 아들이라고 했었는데요."

"좋은 곳 가셨을 거네. 위로가 되진 않겠지만 모두가 겪는 일이야. 나도 군에 있을 때 할머니가 돌아가셨는데 그 때는 시국이 뒤숭숭해서 학생처럼 휴가도 나오지 못했다네. 나중에 휴가 나와서야 돌아가셨다는 소식을 듣고 여태까지 원망이 가시질 않고 있어."

모두가 겪는 일.

그렇다. 때가 되면 나도 누군가의 아버지가 될 것이고. 또 할아버지가 될 것이고... 지나온 날들을 돌아보며, 남겨질 가족들을 걱정하며 세상을 떠날 날이 오겠지. 그렇지만 먼 훗날 내 손자가 내 죽음 앞에 이렇게 눈물을 흘릴만한 할아버지가 되어 삶을 마무리할 수 있을까?

"할아버지께 받은 게 많아 이렇게 눈물이 나네요."

"그래도 손주가 착하네. 할아버지께선 어떤 분이셨나?"

"붕붕할아버지! 붕붕 타고 한 바퀴 빵 돌아요!"

× × ×

"그래! 덕덕이 어여타! 어깨띠 하고"

카키색 엑셀. 늘 요란한 시동소리를 듣고 뛰쳐나가면 대문을 열고 계
시던 할아버지. 어디로 가시는지 무슨 일을 하셨는지는 잘 기억이 나지
않는다.

"오른쪽에 보이는 학교가 규덕이 학교에요."

집 근처 고덕국민학교. 출근하시는 할아버지 차에 얻어 타 한 바퀴 돌
던 드라이브 코스에서 늘 마주치는 곳이었다. 그 시절 내게 할아버지는
두 분 계셨다. 매일 아침 카키색 엑셀로 출근하시던 붕붕할아버지, 그리
고 오후에 자전거도 태워주시고 '동아 동아 동아야~'

금자 동아 은자 동아

은을 줄들 너를 살까 금을 줄들 너를 살까
하늘아래 보배동이 땅 위의 으뜸동이
마루 밑에 정둥개야 멍멍멍 짖지마라
쌔근쌔근 우리 아기 고소리에 잠깰라
주도 자고 새도 자고 해바라기도 잠든 대낮
싸리울타리 넘어 하늬바람이 불어온다
할머니는 어디갔나 고추따러 밭에 갔지
할아버지는 어디갔나 아기꼬까 사러갔지
은자동아 금자동아 열싸동아 절싸동아
산같이 높거라 바다같이 깊거라

노래도 해주시던 동아할아버지. 매일 자전거로 논두렁에 가셔서 뙤약볕에 농사일을 도맡아 하실 만큼 건강하셨지만 동아할아버지께서는 그때 이미 여든의 연세셨다고 한다.

"할아버지, 난 언제 붕붕 운전해요?"
"덕덕이는 애기니깐 이다음에 클 때까지 할아버지가 태워줄게요."
"피이... 나두 빵빵해보고 싶은데."
"허허허. 이리 와봐!"

할아버지께서는 내 안전벨트를 풀고 운전석 쪽으로 나를 안아 무릎 위에 앉히셨다.

"이게 핸들이고, 여길 누르면!"
"빠앙~~!!"
"나도 해볼래요!"
"빠앙~~! 빵 빵"
"사람들 놀라겠다. 그리고 이걸 이쪽으로 누르면 깜빡깜빡 한단다."

어린 마음에 커다란 자동차의 운전석에 앉아 기계를 조작하는 건 무척 재미있어 보였다. 할아버지 무릎 위에서 만져보던 핸들과 깜빡이. 시동을 걸어야 차가 움직인다는 걸 알게 된 건 한참 크고 나서다. 종종 할아버지 몰래 키를 들고 나가 핸들을 꺾어놓기도 하고 깜빡이를 켜고 나와 배터리를 방전시키기도 했다고 한다.

"할아버지 이제 일하고 올 테니까 들어가서 놀고 있어요. 이걸론 맛있는 거 사 먹구!"

"네. 안녕히 다녀오세요. 할아버지!"

500원짜리 동전을 건네받고 집으로 들어가면 늘 동아할아버지와 한바탕 실랑이가 시작된다.

동아할아버지께서는 증조 할아버지셨는데, 내가 졸음에 찬 눈이 되어 칭얼대면 나를 무릎에 앉히시고 '금자동아야, 은자동아야...' 하고 늘 똑같은 자장가를 불러주시며 내가 단잠 들 때까지 등을 토닥여 재워주셨다. 그래서 나는 증조할아버님을 늘 동아할아버지로 불렀던 것 같다.

"규덕이 너 동전 받은 거 인내!"

"내거예요. 할아버지."

"이리줘봐!"

"아이이잉~"

돈이라고는 쓸 줄도 모르는 세 살배기였지만 동아할아버지께 동전을 뺏기지 않으려고 힘겨루기를 하는 모습이 제법 귀여웠는지 어른들께 받은 돈은 동아할아버지의 손을 꼭 한 번씩 거치곤 했다.

"이거 봐요!"

동아할아버지는 나무로 된 마룻바닥에 동전으로 팽이를 돌려 보여주셨다.

"우와! 이거 어떻게 돌리는 거예요? 신기하다!"
"신기하긴 무슨! 원래 돈은 돌고 도는 거야, 인석아! 그니까 공부를 열심히 해야 하는 거야. 그래야 회전의자에 앉아서 빙빙 돌며 돈 굴리지!"

무슨 말인지 지금도 다 이해할 수는 없지만 동아할아버지는 증손자에게 장난치기 좋아하셨을 뿐 기억 속에 늘 건강하고 온전한 분이셨다. 자라면서 내게 유일하게 공부하라는 잔소리를 하셨던 분이기도 하다. 당시엔 한글도 떼지 못한 내게 하신 말씀이었다는 게 좀 의아하긴 하지만.

"밭에 가자! 규덕아."
"집에서 테레비 볼래요."
"인석아! 자꾸 테레비 보고 그러면 눈 나빠져서 못써! 자전거 타고 시원하게 달리면 여간 좋아?"

어릴 적 나는 말을 참 잘 듣는 아이였다고 하는데 이상하게 동아할아버지께는 장난도 많이 치고 땡강도 많이 부렸던 것 같다.
못 이기는 척 동아할아버지 자전거 짐받이에 타고 한참을 달리면 지금은 아파트가 들어서면서 없어진 농지가 끝도 보이지 않게 펼쳐져 있었다. 생각해보면 우리 논밭은 집 바로 앞에 있었는데 일부러 자전거로 논밭을 한참을 달리고 내려주셨던 것 같다.

"할아버지 고추 좀 따올 테니까 여기서 모래 장난하고 있어!"
"네! 엄마는요?"
"놀고 있으면 엄마 올겨!"

××××

지금 생각하면 그 연세에 밭일을 하셨다는 게 신기할 따름이지만 당시에는 너무 익숙한 풍경이었다. 손재주가 없던 나는 모래성을 쌓다가 무너져 울기도 하고 가끔은 전날 만든 집이 없어졌다고 괜한 심술을 부리기도 했다.

뙤약볕에 밭일을 하고 나면 온 가족이 모여 점심을 먹었다. 당시 붕붕할아버지께서도 점심은 같이 드셨던 걸로 보아 멀리 출근하시지는 않았던 것 같다.

"할머니, 나는 계란밥 주세요!"
"에이구~! 알았다."

식탁에 음식들이 차려지고 동아할아버지께서 식사를 시작하시면 곧이어 온 가족의 식사가 시작된다.

"엄마아아~! 나 포크 숟가락!"
"알았어. 좀 기다려봐!"

당시 우리 집 식탁은 늘 같은 자리에 같은 사람이 그리고 같은 수저가 놓여 있었다. 가장 안쪽의 자리에는 동아할아버지께서 속이 텅 빈 가벼운 숟가락으로 식사를 하셨고, 그 옆엔 아버지께서, 맞은편에는 붕붕할아버지께서 금빛 나는 수저로 식사를 하셨다. 그리고 나는 의자를 가운데로 빼서 어른들이 번갈아 얹어주시는 반찬을 포크숟가락으로 찍어 먹었던 것 같다. 어머니랑 할머니께서는 한사람씩 식사가 끝나고 나서야 앉아서 밥을 드셨던 기억이 난다.

"나 못 먹겠어요."
"예끼! 더 먹어야지! 여기 고기도 좀 먹고 김치도 먹고!"

동아할아버지는 때때로 큰소리를 내셨던 것 같다. 그렇지만 기껏해야 '예끼! 이 녀석!' 정도의 불호령이었고, 진심으로 화를 내시진 않았다. 유일하게 화를 내셨던 적은 내 기억에 단 한번 뿐이었다.

"배불러요."
"규덕아. 조금만 더 먹어. 규덕이가 음식을 안 먹으면 할머니가 속상해."

지금 생각하면 참 철부지였다는 생각이 든다. 사실 더 먹을 수 있었지만 일부러 징징거렸다.

"이리와. 엄마가 먹여줄게."

예전에는 젖을 떼고도 항상 밥은 어머니 무릎에서 먹었는데 여동생 나영이가 태어난 후로는 혼자 밥을 먹는 게 적잖이 서운했는지 줄곧 식사 때마다 떼를 쓰곤 했다. 혼자 반 정도 밥을 먹고 나머지는 물에 말아 어머니께서 떠먹여줘야 비로소 한 공기를 비워냈다.

점심을 먹고 나면 동아할아버지께서는 노인정에 가셨다. 할머니께서는 뒷산에 가서 배드민턴을 치시거나 더운 여름이면 수영장에도 자주 가셨다. 가끔 나도 장난감 테니스채를 들고 따라갔었는데 금방 싫증을 내고 집에 가자고 떼를 썼다고 한다.

그렇게 동아할아버지, 붕붕할아버지, 할머니께서 집을 나서시고 나면 어머니와 시간을 보내는 일이 많았다.

"에이 졸려~!"
"밥 먹고 바로 누우면 소가 돼요. 있다가 꺼억~ 하고 누워야지."
"꺽 했어. 배 아파, 엄마."
"여기 누워봐. 엄마 손은 약손. 규덕이 배는 똥 배. 쓰윽 쓰윽 내려가라
쓱쓱 내려가라~"

나영이가 태어나고 나서 나는 샘이 많이 늘었다고 한다. 동생을 낳으러
한 동안 외갓집에 다녀온 어머니한테 서운하기도 하고 또 어머니를 빼앗
길 것 같은 마음에 더 많이 떼를 쓰고 어머니를 귀찮게 했던 것 같다.

"엄마?"
"응?"
"엄마 엄마는 어디 있어?"
"엄마 엄마는 엄마 어렸을 죽었어."
"엄마. 죽는 게 뭐야?"
"다신 못 보는 거지. 사람은 다 죽어."
"엄마도 죽어?"
"그럼. 나중에는 엄마도 죽고 규덕이도 죽고 다 죽어."
"난 안 죽을 거야. 그니까 엄마도 죽지마."

외할머니께서는 어머니가 아홉 살이 되던 해에 돌아가셨다고 하는데
누군가 죽는 다는 걸 경험 못한 나에게 외할머니는 늘 호기심의 대상이

었다. 기억이 완전하지는 않지만 당시 나는 내 앞에 살아있던 사람들도 시간이 지나면 결국 하나 둘 씩 내 곁을 떠난다는 걸 몰랐던 것 같다. 세상에 죽은 사람이라곤 외할머니뿐인 줄 알았다.

"엄마. 나두 저기 갈래!"
"저긴 엄마 아빠 바쁜 애들이 가는 곳이야!"

당시 집 앞에는 삐아제라는 놀이방이 있었다. 서울 변두리의 주택가라 아이들이 많지 않은 동네였는데 종종 또래아이들이 우르르 떼를 지어 들어가는 걸 보면 적잖이 부러운 마음이 들었다.

"석원이도 다니고 준호도 다닌단 말이야."
"나중에 이사 가면 유치원 다니게 해줄게!"
"나 심심해, 엄마."
"동아할아버지께 갔다 오자!"

동아할아버지께서 계시는 노인정은 1층에는 할머니들이 2층에는 할아버지들이 계시는 곳이었다. 계단을 올라 동아할아버지께서 계시는 방으로 들어가면 그곳에 계시던 할아버지들께서 대견하다고 참 많이 예뻐해 주셨다.

"봄바람에 꽃잎도 방긋방긋 웃으며~"

처음 보는 할아버지들 앞에서 노래를 한 곡 하고 나면, 사탕도 주시고 가끔은 용돈도 주셨다. 그리고는 경로당 앞 놀이터에서 놀다가 동아할아버지와 같이 집으로 돌아오곤 했다.

그렇게 오후의 시간이 지나면 온 가족이 모두 모여 저녁식사를 하고 하루를 마무리 했다.

"붕붕할아버지, 빡빡하고 올게요!"

어머니 손에 이끌려 양치도 하고 머리도 감고나면 어느새 내 이불은 할아버지, 할머니 방에 깔려 있었다. 때때로 어머니, 아버지 옆에서 잘 때도 있었지만, 할아버지, 할머니 사이에서 자다가 아침에 할아버지 바지까지 흠뻑 적신 일이 한 두 번이 아니었다.

"할아버지. 옛날 얘기해주세요."
"옛날에 이만치에 살던 할머니, 할아버지가 있었어. 그런데 하루는..."

이렇게 이불 이곳저곳을 가리키며 시작하던 할아버지의 옛날이야기는 늘

"내 똥인데. 내똥인데~"

하는 이야기로 끝이 났는데 늘 그 전에 잠에 들곤 했다. 그렇게 한 지붕아래 4대가 걸쳐 살던 시절. 붕붕할아버지께서는 내 하루의 시작과 끝을 함께 해주시는 분이셨다. 특별하지도 위대하지도 않지만 누구보다 날 사랑해주시고 뭐든지 해주시던 따뜻한 분이셨다.

×××
26

정리

××

"할아버지께선 좋은 분이셨어요. 작년부터 몸이 많이 안 좋아지셔서 힘
들어 하셨는데 군대에 있어서 자주 찾아뵙지도 못하고..."
"그래. 눈물이 날 땐 마음껏 울어 드리도록 하게. 자네를 보니 나도 예전
생각이 나는구먼."

기사아저씨도 눈물을 훔치셨다. 할아버지께는 죄송한 마음이 제일 크
다. 늘 할아버지를 사랑하고 존경하던 마음은 변함이 없었지만 변변한
효도한번 제대로 못해드리고 보내드려야만 했다. 그러면서도 어젯밤 가
시기 전에 꿈에 나타나 주신 할아버지셨다. 할아버지에 대한 죄송함과
감사함에 다시 울음이 터지고 말았다.

"이 번호 자네 앞으로 전화 온 건가?"

기사아저씨께서 다시 휴대폰을 건네 주셨다. 나영이의 번호였다.

"네, 맞아요. 감사합니다."
"그래, 필요하면 마음대로 쓰게."

"여보세요?"
"어디쯤이니?"

아버지셨다. 평소와 다름없는 차분한 목소리. 역시 우리 아버지셨다.

"거의 다 와 가요"
"그래, 1508호로 와라."
"네."

가족들 걱정이 됐다. 벌써 몇 시간째 할아버지 다른 데로 모시지도 못하고 그 앞에서 울고 계실 아버지, 어머니, 삼촌, 고모들, 그리고 여섯 명의 손자손녀들...

"감사합니다. 아저씨!"
"그래. 일 잘 치르고 힘내게. 학생!"

병원 입구에 도착했다. 벌써 석 달째 계시던 병원인지라 휴가 때마다 드나들던 곳이었지만 1층에서부터 싸늘한 느낌을 피할 수 없었다.

"띵동!"

엘리베이터가 15층에서 멈추고 저만치 울음소리가 들려온다. 통로에는 아버지께서 서 계셨다.

"이 쪽이다."

가족들과 눈 마주 칠 겨를도 없이 병실로 향했다. 할아버지께서는 추우신지 담요를 얼굴까지 덮고 계셨다.

"할아버지. 규덕이 왔어요. 저 왔어요."

조용히 흘러나오던 가족들의 울음소리가 다시금 커졌다. 작은 고모부께서 담요를 내려주셔서 할아버지를 뵐 수 있었다. 마지막 숨 한 모금까지 답답하셨는지 입을 크게 벌리고 하늘을 바라보며 누워 계셨다. 허리를 숙여 힘껏 안아드렸다. 가벼웠다. 화가 나고 원망스러울 만큼 가벼운 할아버지께서는 지난 세 달간 한 끼의 식사도 하지 못하셨다.

"많이 힘드셨죠. 할아버지. 많이 기다리셨는데 며칠만 더 기다려주시지 그러셨어요."

손은 아직 따뜻했다. 어릴 적 단풍잎만 했던 내 손을 따뜻하게 감싸 쥐어주시던 할아버지. 손만큼은 팔다리처럼 마르지 않고 부드러웠다. 지난 달 마지막으로 잡아봤던 차가운 손보다는 훨씬 따뜻했다.

"죄송해요. 할아버지. 제가 좀 늦었어요. 얼마나 힘드셨어요. 우리 할아버지."

마지막까지 그 힘든 고통 속에서도 잡고 계셨던 숨을 이제는 거두신 할아버지의 표정은 오랜만에 참 편안해 보였다. 이번 주 주말에 휴가가 예정되어 있어서 조금만 기다려달라고 매일같이 전화로 말씀드렸는데 참기 힘드셨는지 어제 통화를 마지막으로 깊은 잠에 드셨다고 한다. 오랜만에 기력이 많이 돌아오셔서 가족들 모두 안심하고 집으로 돌아갔는데 아무도 없는 병실에서 홀로 숨을 거두시며 간밤에 내 꿈에 들르고 가신 것이다.

전역하고 나면 함께 할 날들이 많을 줄 알았는데, 내게도 할아버지께 증손자를 안겨드릴 기회가 있을 줄 알았는데 너무도 갑작스럽게 마주한 할아버지의 죽음 앞에 나는 다시 철부지 울보 손자가 될 수밖에 없었다.

"이제 보내드려야 합니다."

등 뒤에서 담당의가 시간을 재촉했다.

"이제 정리하고 가족들은 내려가서 기다리고 있어."

아버지께서 말씀하셨다. 가족들 없는 곳에서 한바탕 우셨는지 두 눈이 충혈 되어 있었다. 마지막으로 가족들이 한 명씩 할아버지를 힘껏 안아드리고 흐느끼다가, 가족들은 엘리베이터를 타고 장례식장으로 향했고 아버지께서는 할아버지를 모시고 안치실로 가셨다.

병실에서 사용하던 휴지, 기저귀, 옷가지들을 추리고 나니 두 보따리 정도의 짐이 나왔다. 침대가 빠져나가고 병원 직원들은 곧 능숙하게 황량한 병실을 청소했다. 시체가 빠져나간 병실을 정리하는 것도, 아직 울음을 그치지 못한 가족들을 마주하는 것도 이들에게는 익숙해 보였다. 허무하고 허탈했다.

병실에 있던 짐을 자동차에 실으러 주차장으로 향했다. 엘리베이터 바로 앞 장애인 주차구역에 주차되어 있는 할아버지의 검은색 제네시스. 할아버지의 손 때가 가득 남아있는 핸들과 앞 유리에 붙어있는 장애인 등록증, 그리고 서랍에는 병원 주차증과 진료기록들이 가득 차 있었다. 붕붕할아버지께서 마지막으로 타시던 붕붕이었다. 어두컴컴한 지하주차장에서 또 한바탕 눈물이 쏟아졌다.

짐을 정리하고 옷을 갈아입으러 고덕동 집으로 향했다. 내가 입대하고 난 후 할아버지와 따로 살던 가족들이 다시 고덕동 집으로 들어가 휴가는 늘 어릴 적 살던 고덕동 집으로 갔다. 동아 할아버께서 동전으로 팽이를 돌리시던 넓은 나무 마룻바닥 그리고 벽마다 붙어있는 가족사진과 진열장을 빼곡히 채운 감사패들. 소파 뒤에는 두 개의 사진이 있었다.

'심재풍 선생, 김옥자 여사 회갑연.'

그리고 바로 위에 비슷한 사진.

'심재풍과 함께하는 아름다운 동행, 고희연.'

한가운데 앉으신 할아버지와 할머니, 그리고 한복을 입고 온 가족이 기뻐하며 찍은 사진들. 내년이면 할아버지께서 팔순이신데... 저 위에 비슷한 사진하나 더 걸어 올릴 수 있었을 텐데. 군대에서 받는 월급 한 푼도 쓰지 않고 고스란히 모아 팔순 잔치 때 한복 한 벌 해드리고 싶었는데...

부대에서 씻지도 않고 나온 터라 얼른 씻고 상복으로 갈아입어야 했다. 2층 화장실에서는 나영이가 씻고 있어서 나는 할아버지께서 쓰시던 1층 화장실로 들어갔다. 화장실에는 세면대 위에 칫솔과 면도기 하나가 컵 안에 덩그러니 놓여 있었다. 괜스레 웃음이 났다. 탈모가 심한 우리 집 남자들은 노년이 되면 샴푸가 필요 없다고 한다. 늘 집 앞에 있는 대중목욕탕을 이용하시던 할아버지의 화장실엔 칫솔과 면도기 하나면 충분했던 것이다.

샤워를 마치고나니 할아버지 방에 내 양복이 꺼내져 있었다. 할머니 장례식 때 맞춰 입었던 검은 양복이었다. 곰팡이가 썰고 냄새가 날 때까지 입을 일이 없어라하고 옷장 깊숙이 넣어놓았는데 너무도 일찍 꺼내 아직 새 옷 같았다. 주섬주섬 옷을 입고 집 곳곳에 있는 할아버지의 흔적들을 물끄러미 바라보았다. 지난겨울 입원하셔서 한 번도 돌아오지 못하셨던 할아버지 방에는 4월인데도 두꺼운 외투들로 가득했다. 진열장에는 영정사진으로 쓸 큰 사진이 올라와 있었고 30년도 더 된 자개장 안에는 할아버지 냄새가 가득 밴 속옷들도 있었다. 옆에는 여기저기 짚으며 옛날이야기를 해주시던 이불들과 땀으로 얼룩진 베개도 있었다.

"하아... 이건 또 다 언제 치우려나..."

할아버지께서 80년간 지켜 오신 집에는 무엇 하나 할아버지의 흔적이 안 배긴 곳이 없었다. 나는 장례를 치르고 부대로 들어가면 그만이지만 이 모든 것들을 하나하나 치우며 아버지의 가슴은 얼마나 찢어질까 눈에 훤했다.

"제가 먼저 가서 빈소 지킬게요. 아버지는 천천히 오세요."

의젓해져야 했다. 나보다 몇 배는 힘드실 아버지, 어머니께 위로도 되어드려야 했지만 틈틈이 마음 놓고 우실 수 있게 자리를 피해드리는 것도 나름의 배려였다. 차에 영정사진과 성경책을 싣고 다시 병원으로 향했다. 출근시간이라 차가 막힐 것 같아 차를 몰고 뒷길로 갔는데 오른쪽에는 고덕초등학교가 있었다. 다섯 살이 되던 해에 고덕동 집에서 나와 할아버지, 할머니와 따로 살게 되면서 다른 학교로 입학하긴 했지만 추억 많은 학교였다.

ep 03
관직

×××

　빈소에 도착해 영정사진을 올려놓고 나니 빈소가 꾸려졌다. 사진 옆에 꽃들도 올려놓고 향도 피우고 어떻게 알았는지 조화와 추모조기가 속속들이 도착했다.

　'청송 심 씨 대종회', '상일초등학교 총동문회', 곧 빈소는 추모조기와 조화로 가득했고 누가 보낸 걸 어디에 놓아야하나 골치가 아팠다. 지역구 국회의원들이 보낸 추모조기, 거래처에서 보낸 조화들, 하나의 기나긴 행렬이 되었다.

"오빠, 전화 좀 받아봐."

"여보세요?"

"규덕아, 형인데... 할아버지 돌아가셨지?"

강동구의회에서 일하는 석윤이 형이었다.

"네. 오늘 아침에요."

"그거 일단 의회에 보고를 올려야 되거든. 시간이랑 날짜랑 연세 좀 알려줘."

"금일 오전 6시. 올해로 일흔 아홉이셨어요."

"그래. 고맙다. 형이 있다가 조화랑 보내줄게."

"네. 형은 안 오세요?"

"내일쯤이나 의장님 모시고 갈 것 같아."

"네. 감사합니다."

  이제야 실감이 좀 났다. 곳곳에서 오는 위로 전화들, 하나 둘씩 모여드는 조문객들, 그리고 상복으로 갈아입은 가족들. 모두 슬퍼할 겨를도 없이 일사분란하게 움직였다. 한동안 눈물을 보이는 가족들은 없었다. 저마다 찾아온 조문객들에게 감사함을 표하고 식사를 대접하느라 한 자리에 모이기도 힘들었다.

  가장 먼저 자리를 찾아주신 건 동네 어르신 분들이셨다. 여든을 훌쩍 넘은 지역 어르신들이었는데 할아버지께서 동사무소에서 동장으로 일하시던 시절에 함께 일하시던 분들이셨다.

"어르신들. 찾아주셔서 감사합니다."

"그래, 심 의장이 항상 자랑하시던 그 서울대 다니는 손자로구먼! 반갑네."

"이 쪽으로 모시겠습니다. 약주 한잔 대접하겠습니다."

"심 의장, 우리 중 제일 젊은 양반이 어찌 이렇게 빨리 가 글쎄."

"그러게 말이야. 가장 건강하고 먹으러 다니기 좋아하던 사람이 말이야."

"옆에서 잘 챙겨드리지 못해 송구스럽습니다. 어르신."

"그러게 평소에 담배 좀 끊으시라니까 고집을 부리더니 이렇게 됐지 뭐."

할아버지께 서운한 것이 있다면 담배였다. 할머니께서 돌아가신 후 끊으셨던 담배를 다시 피우시며 앞으로 내가 오래 살아 뭐하겠냐며 가슴시린 이야기를 하곤 하셨다. 할아버지께서 하루하루를 따분하게 생각했던 데에는 충분히 함께해 드리지 못한 내 잘못이 가장 컸을 것이다. 앞에 계신 어르신들과 비슷한 시기에 동장에서 은퇴하신 할아버지께서는 그 후로도 20년을 더 활발하게 생활하셨는데 참 씁쓸하고 아쉬운 마음을 감출 수 없었다.

빈소가 작아 입구 앞에 줄이 늘어졌는데 멀리서 이부영 의장님 내외분의 모습이 보였다.

"의장님 오셨습니까?"
"그래, 얼마나 마음고생이 심한가?"
"다 저희들이 부족한 탓입니다."

짧은 대화를 나누신 의장님께서는 영정에 인사를 하시고 한참 동안 신위를 바라보시다가 아버지께 위로의 말씀을 전하셨다.

"규덕아, 의장님과 같이 있어라."

아버지께서 말씀 하셨다.

"의장님, 이쪽으로 모시겠습니다."

먼저 와 앉아있던 조문객들도 하나 둘씩 일어나 의장님께 인사를 드렸다. 한 때 지역구 국회의원이셨던 이부영 의장님은 늘 할아버지 안부를 여쭈시고 할아버지 건강을 신경 쓰라 내게 당부를 하시던 분이셨다.

"그래, 할아버지를 보내니 군대에서 자네가 상심이 이만저만이 아니겠구먼."

"전 괜찮습니다만 아버지 걱정이 많이 됩니다. 제대하고 할아버지께 효도하고 싶었는데 면목이 없습니다."

"아니야, 아니야. 할아버지께서 생전에 너를 얼마나 자랑스러워 하셨는데. 넌 손주로서 할 수 있는 걸 다 한 거다."

"감사합니다. 사모님."

항상 내게 따뜻한 말씀과 응원을 해주시던 사모님이셨다.

"그런데 규덕아. 신위에 문제가 좀 있다."

"네? 어떤 문제 말씀이십니까?"

"그 오른쪽 부분에 학생부군이라고 되어있지 않나? 학생부군이라는 것은 관직에 오르지 않은 사람들에게 붙이는 일종의 직위야. 근데 할아버지께서는 구의회 의장을 지내셨지 않나?"

"에이, 당신도 참. 요즘 누가 그런 거 챙긴다고. 아무도 모를 거예요."

"아니, 왜 관직이 있는 사람을 낮추어 표시할 필요는 없잖아. 다른 사람도 아니고."

"하긴, 그래서 당신과 알고 지내게 되셨죠."

"기호 3번 심재풍!"

× × ×

내가 할아버지 성함을 처음 알게 된 것은 나무로 된 피켓에 걸린 할아버지 사진과 함께 시작된다. 아버지께서 높이 든 피켓 뒤로 동네 아주머니들과 아저씨들도 몇 명 서있었다.

선거전단

"강동의 지도를 바꿀 사람.
제가 왔습니다!"

살면서 들은 붕붕할아버지의 가장 큰 목소리였다. 하일국민학교 운동장에 모인 사람들 앞에 선 할아버지께서는 연단위에서 사람들에게 주먹을 불끈 쥐며 소리치셨다.

"가족들을 위해 일하고, 동네 사람들을 위해 일하고, 이제는 강동구민들을 위해 일하겠습니다!"

운동장에서는 사람들의 환호성이 들렸고, 사람들의 박수갈채도 쏟아졌다.
같은 옷을 입은 아주머니들은 '기호 3번 심재풍!' 을 외쳐댔다.

"할머니, 저게 뭐에요?"
"너희 할아버지. 3번이야, 3번! 사람들한테 뽑아달라고 말하는 거야!"

운동회라도 하듯이 다른 색깔의 옷을 입은 사람들은 또 다른 피켓을 들고 소리쳤다. 두 세 명의 연설이 끝나고 벌떼같이 모였던 사람들은 올챙이 떼 같이 흩어졌다. 학교 정문 앞에는 어머니, 아버지가 개량한복을 입고 다른 아주머니들과 함께 서 계셨다.

"기호3번 심재풍! 소중한 한 표 부탁드립니다!"

동아할아버지께서는 나를 안고 연단에서 내려오신 붕붕할아버지 옆으로 가셨다. 할아버지 품에 안겨 사람들이 나가는 걸 지켜보았다.

"우리 할아버지 기호 3번이에요! 꼭 뽑아주세요!"

어머니, 아버지를 따라했다. 같이 일하던 아주머니들과 지나가는 사람들의 박장대소가 터져 나왔다.

"으허허허, 뭐라고?"

지나가는 사람들은 저마다 신기해서 내 말을 되물었다.

"기호 3번 심재풍! 꼭 뽑아주세요!"

머리를 쓰다듬기도 하고 껄껄 웃기도 하고,

"그래, 뽑아준다 뽑아줘!"

×××
38

하면서 좋을 말을 하고 가는 사람들도 많았다. 나중에 상대편 후보가 미성년자를 선거운동에 이용했다며 고소하겠다고 협박했던 웃지 못 할 해프닝도 있었다고 한다.

당시 나는 네 살이었는데 붕붕할아버지께서 처음으로 열리는 지자체 선거에 구의원으로 출마하셨다. 당시 전국적으로 처음 치르는 지자체 선거라 사람들의 관심 속에서 동네 사람들의 도움을 받으며 선거운동을 하셨다고 한다. 그래서 한동안 집에 사람들이 많이 찾아왔다. 어른들은 낮에는 하일동에 있는 사무실에서 북적이는 사람들과 박카스를 마시며 회의를 하고 저녁이면 사람들이 집으로 와 늦은 시간까지 이야기를 했다.

"엄마, 나 졸려! 잘래!"
"규덕아, 쉬잇!"
"나 자러 갈래, 자러가자 엄마!"
"에이 이놈! 조용해 이 녀석아!"

깜짝 놀랐다. 동아할아버지께서 크게 호통을 치셨다. 처음이자 마지막 꾸지람이었는데 전에 보지 못했던 동아할아버지의 무서운 모습이라 깜짝 놀랐다. 곧 울음보가 터졌다.

"이잉~"

어머니 품에 안겨서 훌쩍 훌쩍 울었다.

"규덕아, 동아할아버지 아들이 누구야?"

어머니가 작은 목소리로 달랬다.

"흐으으으... 붕붕... 할아버지"
"그래! 지금 동아할아버지 아들 중요한 일 때문에 이야기하고 있는데 네
가 떠들면 안 되지, 그치?"
"몰라아. 미워."

그렇게 어머니 품에 안겨 잠깐 눈을 붙이고 나니 회의가 끝나 동아할
아버지께서 나를 안아주셨다.

"동아 동아 동아야~"

2층에 있는 동아할아버지 방으로 가서 이불을 깔고 잠을 청하고 있었
는데 아버지가 들어오셨다. 선거 운동이 시작되고는 좀처럼 보기 힘든
아버지의 얼굴이었다.

"할아버지. 많이 피곤하시죠. 어깨라도 좀 주물러 드리려고요."

아버지의 안마를 받던 동아할아버지께서는 윗도리를 올려 파스를 가
리키셨다. 어린 눈에는 왜 몸에 테이프를 저리 많이 붙였나 이상했지만
아버지의 표정이 굳어지셔서 쉽게 말을 꺼낼 수 없었다.

"할아버지, 건강하셔야죠."
"맞아요. 동아할아버지. 백 살까지 사셔야 돼요!"

아버지가 나를 안아주셨다. 동아할아버지께서 무거운 입술을 떼셨다.

"내 아들. 저리 똑똑한 아를 내 욕심에 땅 사고 집 사고 하느라 대학을 못 보내주고 장가를 들였지 뭐야. 그 때 대학 보냈으면 진작이 한자리해도 했을 놈인데, 내가 미련해서 그깟 돈이 뭐라고 땅이 뭐라고."

동아할아버지께서 뜨거운 눈물을 흘리셨다.

"할아버지, 울지 마세요."
"내가 죄인이여. 내가 요즘 자다가도 벌떡벌떡 깬다니까. 시켜달라는 공부 못 시켜줘서 저리 똑똑한 놈 평생 농사일이나 시키고 저리 썩힌 것만 생각하면 말이야. 내가 죽어도 편히 못 죽어. 그래서 이렇게 죽는 날까지 밭일하고 논일을 하는 거야."

"그런 말씀마세요. 할아버지."

아버지의 눈에도 눈물이 송골송골 맺혔다.

"그니까 규덕이 니도 맨날 테레비 보고 놀지 말고 공부해야 혀. 그래야 이 담에 회전의자 앉아서 빙빙 돈다니까. 내가 규덕이 책가방 메고 학교 다니는 거 보고 죽는 게 소원이여. 죽기 전에 아들놈 인생과 바꾼 저 논 마지기에 번듯한 건물하나 지어다오."

그 날 철부지 네 살배기가 아버지와 동아할아버지의 대화를 다 이해할 수는 없었다. 그나마 다행인 건 동아할아버지의 독특한 말투 덕분에 그 분의 한마디 한마디가 잊혀지지 않아 이제 와서라도 그 분의 뜻을 헤아리고 살 수 있다는 것. 그래서 좀 전에 동아할아버지께서 큰소리치신 건 화가나셔서가 아니라 어쩌면 아들에 대한 미안함에서 온 것일 수도 있겠구나 하는 생각을 한참 크고 나서야 할 수 있었다.

그렇게 좌충우돌 속에 붕붕할아버지께서는 첫 선거를 압도적인 득표율로 승리하실 수 있었다. 그 후로 할아버지께서는 줄곧 양복을 입으셨고 왼쪽 가슴에는 배지를 달고 계셨다. 할아버지께서는 거실 차 테이블 위에 구의원들의 얼굴과 이름이 새겨진 큰 종이를 깔아 놓으셨는데 할아버지 얼굴은 왼쪽 맨 아래에 있었다. '沈載豊 議員' 종종 할아버지를 사또라고 부르던 사람들은 이제 할아버지를 심 의원님이라고 불렀고, 집 앞이었던 할아버지의 출근거리가 예전보단 훨씬 멀어졌다. 전보다 바빠지셨고 만나는 사람들도 많아지셨다. 가끔은 할아버지 차를 타고 여기저기 따라다녔는데 결혼식에서 주례를 보시거나 운동회 같은 행사

1998년 지자체선거 당시 포스터

에서 개회사를 보시는 일도 종종 하셨다. 이듬해에 붕붕할아버지의 카키색 엑셀은 우리 집을 떠났고, 할아버지께서는 에메랄드 빛깔의 마르샤를 운전하셨다. 에어컨도 빵빵하게 나왔고 엑셀과는 다르게 운전석과 조수석 사이에 영어로 쓰인 버튼들이 많아 신기했다. 할아버지께서는 평소 운행하시던 엑셀과는 다르게 다른 차들이 양보도 잘해줘서 운전하기 편해지셨다고 좋아하셨다. 그렇지만 마르샤로도 예전처럼 드라이브도 매일 같이 해주셨고, 내 손을 잡고 동네 이곳저곳을 다니시며 시장 상인들과 고개 숙여 인사를 주고 받으셨던 모습들도 많이 기억난다. 할아버지께 아버지 대하듯 공손하게 인사하는 사람들도 많았지만 때때로 장사가 안 되는 하소연이나 억울한 일에 울분이 덜 풀려 큰 소리로 푸념을 하는 사람들도 많았다.

"심 의원님! IMF로 하루아침에 일자리를 잃어 앞으로가 걱정입니다. 어디 일용직이라도 써줄 데 없겠습니까?"

"이보게 김 군! 젊은 사람이 그만한 일로 이렇게 푹 쳐져 있으면 어쩌나? 자네만 보고 있는 가족들 생각도 해야지! 내가 아직은 의회에서 자리도 못 잡고 있는 처지라 장담하긴 힘들지만 잊지 않고 꼭 도와주겠네!"

"정말 감사합니다. 심 의원님!"

집에 찾아와 힘든 이야기를 하던 김 씨 아저씨가 돌아가고 할아버지께 물었다.

"붕붕할아버지. 시미온이 뭐예요?"

"심. 의. 원! 할아버지 규덕이 덕이 지난번 선거에 이겨서 구의원이 된 거야!"

"구의원이 뭔데요?"

"동네 사람들 도와주는 사람!"

"우와! 멋있다! 나두 이다음에 커서 구의원 해야지!"

"예끼! 이놈아! 구의원이 뭐여 구의원이! 규덕이 너는 지금부터 착실히 공부해서 이다음에 장관도 하고 대통령도 해야지!"

지켜보시던 동아할아버지께서 낄낄 웃으시며 웃음 섞인 호통을 치셨다.

"대통령? 그게 뭔데요?"

"우리나라서 젤루 높은 사람! 대한민국 이거여 이거!"

동아할아버지께서는 엄지를 높이 치켜들며 말씀하셨다.

"여기 이 할아버지가 대통령이란다. 이 할머니가 영부인이고."

붕붕할아버지께서는 청와대에서 받아오신 기념 책자를 펼쳐 보여주셨다.

"우와! 이건 대통령이 타는 붕붕이예요? 엄청 크다!"
"그럼! 우리나라에서 제일 좋은 차지!"
"붕붕할아버지도 다음엔 대통령 하면 안돼요?"
"할아버지는 대통령보다 대통령 할애비가 더 하고 싶은데?"
"그럼 건강하게 오래오래 사셔야 해요!"
"알았다. 규덕이 대통령 하는 거 이 할아버지가 꼭 보고 가마!"

그렇게 크지 않게 시작된 할아버지의 구의원 생활. 그리고 내가 일곱 살이 되던 해에 또 한 번의 지자체 선거가 있었고, 이때는 선거운동이 시작되기 전부터 골치 아픈 공천 경쟁이 있었던 것으로 기억된다.

여전히 아버지는 바쁘게 선거운동을 하셨지만 공천에서 무난하게 '가' 번을 따내신 할아버지께서는 크게 힘들이지 않으시고 재선에 성공하셨다. 이때부터 할아버지의 호칭은 '심 의원님'에서 '심 의장님'으로 바뀌었다. 이제는 차탁자 위의 새로운 구의원 명단에도 맨 위에 '議長 沈載豊' 이라고 할아버지의 사진과 함께 씌어있었다.

그 밖에도 많은 것들이 바뀌었다. 컴퓨터 하나도 없던 우리 집에 의회에서 준 노트북이 들어왔고, 김 씨 아저씨는 할아버지 수행 비서가 되어

매일 아침 우리 집에 검은색 그랜저를 몰고 와 함께 식사를 했다. 덕분에 산 지 일 년 밖에 안 된 마르샤는 아버지의 차지가 되었다.

그 해 여름에는 온 가족이 처음으로 피서를 떠났는데 동아할아버지를 모시고 유명산 자락에 있는 민박집에서 하루 묵으며 계곡에서 물놀이를 했다. 그리고 다음날에는 새로 개장한 캐리비안베이로 놀러 갔다.

"규덕아 할아버지랑 저기 튜브 타러 가자!"
"할아버지 무서워요. 물에 빠지면 어떡해."
"빠지긴! 할아버지가 옆에서 꼭 붙들어 줄게!"
"절대 놓으면 안 돼요. 할아버지!"

할아버지와 하루 종일 튜브도 타고 할아버지 품에 안겨 미끄럼틀도 타며 더운 하루를 시원하게 보냈다. 할머니께서는 수영장에 자주 다니셔서인지 나와 나영이를 등에 업고 멀리멀리 헤엄도 치셨다. 동아할아버지와는 그게 마지막이었지만 할아버지, 할머니와는 그 이후로도 항상 여름휴가를 함께 했다.

할아버지께서 구의원으로서 어떤 일들을 하셨는지 많이 기억나지는 않는다. 한 번은 할아버지와 의회를 방문한 적이 있었는데 모든 직원들이 일어나 할아버지께 일제히 인사를 했다. 2층으로 올라가니 큰 회의실이 나왔는데 TV에서 보던 국회의 모습과 비슷했다. 맨 앞줄에 할아버지 자리가 있었고, 의원들이 모두 모이면 앞으로 나아가 의원들을 바

강동구의회 의장시절 회의모습

라보며 회의를 진행하셨다. 의장석에는 판사봉 같은 것이 있었는데 나는 의자 위에 올라가 봉을 쳐보기도 하고 사진도 찍었다.

"여기가 할아버지 자리에요?"

"그래, 이게 할아버지 이름이야. 할아버지 이제 회의 시작해야하니까 잠깐 저 누나한테 가있거라."

"할아버지 저 그냥 여기 옆에 있으면 안돼요?"

"안돼! 곧 있으면 무서운 아저씨들 와서 막 싸우고 그래요. 누나 따라가면 맛있는거 줄거야!"

"그럼 금방 오셔야 돼요!"

"오냐! 할아버지 금방 끝내고 갈게!"

할아버지께서 짧은 회의를 하시는 동안 나는 할아버지 사무실에서 기다렸다. 할아버지 사무실에는 큰 소파와 의자가 있었고, 곧 비서실에서

사탕과 주스를 갖다 주셨다. 처음으로 보게 된 할아버지의 일터는 근사했다. 까만 양복의 할아버지와도 잘 어울렸다. 되도록 오랫동안 이곳에 놀러오고 싶어졌다.

여름휴가를 다녀오고 얼마 안 되어 강동구에 대대적인 물난리가 일어났다. 당시 분가한 우리 집은 천호동이었지만 이 해 여름에는 할아버지 댁에서 생활하며 상황을 지켜봤다. 늘 장마철만 되면 홍수에 시달리던 동네였지만 이번만큼은 여느 때와 차원이 달랐다고 한다. 길거리가 얕은 계곡처럼 물로 넘쳐났고 각종 쓰레기나 오물들이 둥둥 떠 다녔다.

특히나 연립주택의 지하실에 세 들어 사는 인구가 많았던 고덕동 일대에는 엄청난 수의 수재민들이 생겨났다. 사람들은 하나 둘씩 우리 집을 찾았다.

"심 의장님, 집에 애들이 있는데 밥 지을 곳도 없습니다."
"집에 살림이고 뭐고 다 물에 잠겨서 들어갈 수도 없어요."

정중히 도움을 청하는 사람들도 많았지만 대다수는 따지듯이 사태의 책임을 물으러 왔다. 하지만 할아버지께서는 집에 계시지 않았다.

"의장 아비 되는 사람인데요, 의장 지금 멀리 여행 가셨어요."
"아니, 지금 이 상황에 한가롭게 여행을 하고 있단 말입니까? 그게 말이 나 돼요?"

여든이 넘으신 동아할아버지께도 막무가내로 쏘아붙이던 사람들도 많았다. 들리는 말에 의하면 구청장님도 사태해결에 미흡하여 구민들에게

멱살을 잡히고 곤욕을 당하셨다고 한다. 이런 상황에 구의원이 여행 중이라는 말을 들으면 화가 날 법도 했다.

"붕붕할아버지, 지금 집 앞에 홍수가 나서 사람들이 자꾸 찾아와요."

할아버지는 말이 없으셨다. 큰 눈으로 나를 바라보시며 산소 호흡기를 뿌옇게 흐리실 뿐 아무런 말도 하지 못하셨다. 할아버지 배에는 시뻘건 칼자국이 길게 있었고 실로 꿰맨 자국도 늘어져 있었다. 분명 지난 달 물놀이 갔을 때까지만 해도 없던 것들이다.

"규덕아, 할아버지께 그런 말씀드리면 안 돼! 그리고 할아버지 병원에 계신 거 당분간은 비밀이야. 멀리 여행가신거야, 할아버지는."

아버지 말씀을 이해할 수 없었지만 분명 무슨 이유가 있겠지 하고 고개를 끄덕였다. 그 후로 종종 집에 할아버지 건강 상태를 묻는 친척들의 전화가 왔지만 나는 그때마다 "할아버지 여행 가셨어요."라고 대답했다. 할아버지께서는 정말 여행을 마치시고 한 달 후에 돌아오셨다. 아버지는 아침엔 할아버지 병문안을 가셨다가 출근하시고 돌아와서는 우비를 입고 동네 사람들과 함께 물을 치웠다. 1층에서 며칠 묵던 수재민들 중에는 아이들도 있어 내 장난감들을 마음대로 써서 속상한 일도 많았지만, 가족 중 그 누구도 불평을 하지 않았던 독특한 기억이었다.

지금도 할아버지를 기억하는 사람들 중에는 '미꾸라지 발언'이라는 사건을 회자하시는 분들이 많으시다. 정확한 전말은 모르지만 이 또한 이즈음에 일어난 일이었다. 자칫 돌아오지 못 할 수도 있었던 여행을 마

당시 물난리 수재민들 구호물자 보급현장

치고 오신 할아버지께서는 한 바탕하고 물러간 물난리 사후처리 문제로 바쁘셨다. 다시는 이 같이 자연재해에 취약하지 않게 도로도 정비해야 했고 또 다른 우발 상황에 대한 사전 대응책도 마련하셔야 했다. 이전처럼 내 손을 잡고 시장 길을 거닐며 지역주민들과 인사를 하실 때에도 집집마다의 어려운 사정들을 듣고 미리 손을 쓰지 못한 미안함에 사과도 연거푸 하셨다. 무엇보다 중요한 건 수재민들에 대한 보상 문제였다. 하루 아침에 살림살이가 물에 잠겨 우리 집으로 몰려와야만 했던 사람들. 그 중에는 막무가내로 구는 사람들도 있었지만 그 모두가 평소에는 웃으며 인사하던, 아침마다 같이 거리를 청소하던 이웃사촌들이라고 하셨다. 더군다나 강동구가 물난리를 겪는 동안 자리에 계시지 못하셨던 할아버지는 미안함과 책임감에 남들보다 더 조바심을 느끼셨을 것이다.

"이거 죄송합니다. 제가 미리 손을 썼어야 하는데..."
"아니, 의장님. 보상은 언제쯤 이루어집니까?"
"제가 그 문제는 조속히 구청과 상의해 보겠습니다."

시장 상인들을 향해 고개 숙여 사과하는 할아버지 모습을 보는 건 어린 나이에도 편치 않았다.

×××

"붕붕할아버지. 할아버지가
뭐 잘못하셨어요?"

"비가 많이 와서 사람들이
저렇게 힘들어하고 있잖니."

"할아버지가 비 내리신 것
도 아닌데요?"

"미리 방지했으면 좋았지.
그리고 저렇게 힘들 때는
누군가 이야기 들어주는 게
큰 힘이 된단다. 할아버지

당시 회의 모습

믿고 뽑아준 사람들이잖아. 누군가는 책임을 져야 해. 그런 게 어른인
거지. 규덕이도 그런 어른이 되어야 해요."

"그래도 할아버지 많이 편찮으신데..."

"아프긴 누가? 할아버지 이제 다 나았어요. 이거 봐!"

할아버지께서는 나를 번쩍 들어 올리시고 집까지 성큼성큼 걸어가셨
다. 할아버지 품 속은 따뜻하고 좋았다.

그렇지만 자연재해 사후처리는 구의원 한 사람의 힘만으로 해결하기
는 버거운 문제였다. 거리를 복구하고 정비하는 일도, 앞으로의 자연재
해에 대비하는 일도, 보상금 문제도 다 구의 예산이 들어가는 일이었다.
구청의 대대적인 지원이 절실했다. 그렇지만 그 당시 구청장님은 좀처럼
할아버지와 구의원들을 만나주지 않았다고 한다. 어렵게 잡은 약속으로
마련된 회의장에서도 구청장은 발언을 마치고 수재민 문제 이야기가 나
오자 급하게 자리를 떠났다고 한다.

"아무리 미꾸라지 같은 구청장이지만, 구민의 일에 이건 너무한 거 아니야?"

할아버지셨다. 서울대 정치학과를 나와 어린 나이에 행정고시에 합격하고 오랜 관료생활을 마치고 압도적인 지지를 받아 당선된 구청장. 임기 이후에도 국회의원을 지낼 만큼 승승장구하던 엘리트 구청장에게 할아버지께서 직격탄을 쏘신 것이다. 통쾌하고 잘했다는 의견도 많았지만 공식석상에서 욕을 먹고 가만히 있을 구청장이 아니었다. 곧 언론의 빗발치는 비난이 쏟아졌고 의회에서는 징계에 관한 논의도 오고갔다. 대학생이 된 지금까지도 당시의 일을 손자가 아닌 한 명의 구민으로서 어떻게 평가해야 할지 쉽게 답을 내릴 수는 없지만 목에 칼이 들어와도 할 말을 해야 하는 것이 이 시대의 선비정신이 아닐까?

이듬해에 나는 여덟 살이 되어 고명초등학교에 입학했다. 늘 규덕이가 책가방 메고 학교 다니는 것까지는 보고 싶어 하시던 동아할아버지께서는 기쁜 마음으로 책가방과 학용품을 사주셨다. 초등학교 입학식 때 찍었던 동아할아버지와의 몇 장의 사진들이 지금은 얼마 안 되는 그분의 흔적이다. 거짓말처럼 초등학교에 입학하고 바로 그 해 봄에 동아할아버지께서는 우리 곁을 떠나셨다. 당시 우리 네 식구는 외갓집 식구들과 1박 2일로 야유회를 떠났는데 깊은 밤 슬픈 소식을 전해 받고 급하게 집으로 돌아왔다. 돌아오는 내내 아버지께서는 눈물을 흘리셨고, 어린 나는 처음 보는 죽음 앞에 어리둥절할 뿐 울지는 못했다. 죽어서 다신 볼 수 없다는 것이 얼마나 슬픈 일인지는 몇 년이 지나서야 실감하였고, 그때서야 동아할아버지께 죄송한 마음이 들었다.

2000년 강일동 해뜨는 주유소 개업식

　이제 집안의 가장 큰 어른이 되신 할아버지께서는 이듬해 의장 임기를 마치셨고, 평의원으로 2년을 더 일하신 후 다음번 선거에는 출마하지 않으셨다. 내가 아홉 살이 되던 해, 아버지께서는 카센터 일을 정리하시고 집 앞 논 밭 일부에 주유소를 지으셨다. 주유소 한 가운데엔 할아버지 사무실이 생겼고 동네 사람들도 이제는 새 사무실로 할아버지를 찾아왔다.
　때때로 솔깃한 제안들과 함께 정계 복귀를 권유하는 사람들도 있었지만 구민들을 위해 당신은 할 만큼 하셨다며 배지를 다시 달지 않으셨다. 할아버지께서 오래오래 계시길 바랐던 의회를 떠나시는 게 어린 마음에 많이 아쉬웠다.

"이제 공직생활을 많이 했고, 하는 데까지 했어. 나도 이제 늙어서 힘도 들고 골치가 아픈데 더 해 뭐하겠어. 아들이랑 주유소나 하면서 돈 벌어서 어려운 애들이나 도와주고 이제 묏자리나 보러 다녀야지 뭐."

찾아오시는 손님들께 할아버지께서 줄곧 하시던 말씀이었다. 지금도 아버지께서 할아버지를 자랑스러워하시는 이유 중 하나는 적당한 시기에 욕심 없이 정계에서 내려오신 것이다.

"그러니 신위에 구의회 의장으로 고쳐 적으라고 상주께 꼭 말씀해 주시게. 관직을 하셨던 심 의장님께 학생부군은 결코 아니야."

관직. 할아버지께서 하셨던 일들을 본인은 관직이라고 생각하셨을까? 물론 사람들 눈엔 관직에 출세한 것일 수도 있고 선거로 뽑힌 여느 정치인일 수도 있었겠지만…

학업을 포기하고 농사일을 하며 집안의 장남으로 궂은일을 도맡아 하셨던 10여 년.

동네 동사무소를 전전하며 이 동네 저 동네 애로사항들로 골치를 썩으며 지내셨던 동장 생활 20년.

그리고 구의원으로 8년.

모두들 할아버지를 아직도 심 의장님이라 부르시지만 나의 할아버지는 오랫동안 살아온 지역 일을 외면하지 못하셨던 지역의 장남이셨을 뿐이었다. 관직에 진출했다고 하기보다 본인에게 당연하게 주어진 책임들을 피하지 않으셨을 뿐…

"할아버지께서 학생부군으로 쓰기를 원하셨을 겁니다."

나도 모르게 생각지 못한 대답이 튀어나왔다.

"그렇구만. 역시 심 의장님은 그러셨을 것이네. 그 분은 늘 지역의 선비 같았지."

"마지막까지... 아프다고 짜증 한 번 안내시다 돌아가셨습니다."

선비. 그렇다. 어쩌면 할아버지를 가장 잘 표현하는 말인지 모른다는 생각이 들었다. 이부영 의장님께서는 할아버지 영정 사진을 또 한 번 물끄러미 바라보시다가 사모님과 빈소를 떠나셨다. 오래전 우리 할아버지, 할머니의 모습을 보는 것 같았다.

ep 04
재회
××

"규덕아, 집에 가서 아버님 수첩 좀 찾아와라."

아버지께서 심부름을 시키셨다. 앞으로 삼일 동안 할아버지 곁을 떠날 수 없는 아버지. 그렇지만 아버지께는 익숙한 일일 것이다. 할아버지께서 입원해 계시는 긴 시간 동안 한 시도 병실을 떠나지 않으시고 병원에서 출퇴근 하다시피 하셨다고 한다. 몇 달 사이 힘드셨는지 많이 수척해지셨다.

"어디 있는지 아세요?"
"항상 가지고 다니셨던 작은 수첩이라 아마 옷 하나하나 뒤져봐야 할 거야."

나영이와 집으로 가 할아버지 냄새 가득 배인 자기장을 열어 옷 한 벌, 한 벌 주머니를 뒤졌다. 끝까지 손에서 놓지 못하셨던 담배와 라이터. 늘 왼팔에 차고 계시던 시계 그리고 칠순 선물로 받으신 커다란 금반지. 그 밖에도 적금 통장, 용돈 주시던 봉투 속 돈뭉치. 이것저것들이 쏟아져 나왔지만 수첩은 찾을 수 없었다.

×××

제1화

"오빠, 여기 있다!"

나영이는 자기 손만 한 낡은 PD수첩을 들고 있었다. 자세히 보니 할머니 장례식 때 할아버지께서 지인들에게 전화를 돌리시던 그 수첩이 맞았다. 수십 년도 더 된 수첩 속에는 빼곡히 할아버지의 지인들의 이름이 있었고 맨 앞장에는 '심재찬 011-XXX-XXXX', '심재권 017-XXX-XXXX'의 비슷한 이름들이 있었다. 할아버지 형제들. 내게는 작은 할아버지들이셨다. 아버지께서는 수첩에 적혀진 전화번호에 하나하나 부고 문자를 보내셨다. 그런데 대부분 전화번호가 바뀌거나 세상을 떠난 분들도 더러 있어서 반송되었다.

"아버지. 제가 다른 연락처 알아볼까요?"
"아니야. 10년 넘게 연락 안 된 사람들까지 부를 필요 없어. 그리고 이미 다른 경로로라도 연락들은 다 갔을 거야."

아버지께서는 단호하셨다. 이유를 알고 있었지만 괜스레 아쉬웠다.
저녁이 되고 퇴근한 직장인들도 하나 둘씩 빈소를 찾아 왔다. 전 현직 구의원들과 당원들, 그리고 현직 구청장님과 국회의원들도 자리를 찾아주셨다. 할아버지의 비호 아래 아버지와는 절친한 친구이신 구청장님은 아버지를 부둥켜안고 눈물을 흘리셨다. 참고 참아왔던 아버지께서도 눈물을 보이셨다.

"흑흑흑... 형님..."

영정 앞에는 한 노년의 신사 내외가 무릎을 꿇고 한동안 눈물을 흘리고 있었다. 아버지께서는 고개를 다른 곳으로 돌리고 계셨다. 십오 년 만에 뵙는 넷째 할아버지와 할머니셨다. 할아버지께서는 오남매 중 첫째 셨는데 증조할머니께서 일찍 세상을 떠나셔서 동생들을 많이 챙기셨다고 한다. 마지막으로 뵌 게 10년도 더 되었으니 두 분께서도 이제 환갑이 넘으셨을 것이다.

"규덕이 잘 지냈어? 할머니 누군지 알아보겠어?"
"네, 콩코드 할머니. 안녕하셨어요?"
"그걸 여지 것 기억하고 있네. 큰집 작은집 왕래가 없으니까 어떻던?"
"명절 때 심심하고 그러긴 한데, 제가 뭐라 말씀드릴 일이 아닌 것 같네요"

옆에는 원보삼촌과 국보삼촌이 있었다. 나랑 열 살 차이가 나는 두 삼촌은 마지막으로 봤을 때 둘 다 고등학생이었는데 그 때마다 잘 놀아주기도 했지만 장난도 많이 쳤다.

"삼촌이 어렸을 때 규덕이 얼마나 예뻐 했는데. 기억나지?"
"원보 네가 이뻐하긴 뭘 이뻐해 맨날 괴롭히기만 했지. 예뻐하긴 내가 이뻐했지. 그치, 규덕아?"

"으아앙~ 나 안해,"

2층에 있던 바둑판을 엎어버리고 얼얼한 이마를 만지며 1층으로 내려갔다.

"에이구, 규덕아! 왜 우니?"
"콩코드 할머니. 삼촌들이 여기를 막 때렸어요. 으아앙~"
"이 놈들, 애기를 때리고 그러면 어떡하니?"

콩코드 할머니의 불호령이 삼촌들을 향해 떨어졌다. 넷째 할머니는 할머니들 중 가장 젊은 분이셨는데 내가 아는 여자 중에는 유일하게 운전을 할 수 있어서 늘 콩코드를 타고 고덕동에 오셨다. 내게 작은 할아버지는 세 분 계셨는데 하남에 사시던 둘째 할아버지, 분당에 셋째 할아버지, 그리고 명일동에 넷째 할아버지가 계셨고, 고모할머니는 시골에 계셨다. 작은 할아버지들은 집이 멀지 않아 자주 우리 집에 오셔서 주무시고 가셨는데 그 때마다 삼촌들이 함께 왔다.

"아니, 규덕이가 먼저 오목 두자고 했어요!"
"아니, 어린애랑 두면서 그렇게 있는 힘을 다 해서 꿀밤을 때리면 어떡해 이놈들아!"

둘째 할아버지네 장남인 찬보 삼촌은 아버지와 나이 차이가 얼마 나지 않고 삼촌들 중에서는 제일 나이가 많았다.

"그러니깐 삼촌이 두 세대 맞았을 때 그만 하라고 했지! 네가 쟤네를 어떻게 이기겠어?"

때리는 시어미보다 말리는 시누이가 더 밉다는 건 성보 삼촌을 두고 하는 말이었다. 오목을 두는 내내 옆에서 그만하라고 말리기는 했지만

×××

59

내가 꿀밤을 맞을 때마다 제일 껄껄거리고 좋아했던 성보삼촌은 밉게만 느껴졌다.

초등학교 1학년이었던 나는 학교에서 방과 후에 바둑을 배워서 한창 자신감이 올라있었다. 오랜만에 우리 집에 온 삼촌들에게 오목을 두자고 했고 꿀밤내기를 했던 것이다. 그렇지만 여덟 살짜리가 삼촌들을 이기는 건 쉽지 않았고, 어린 마음에 이마가 아파와도 오기가 들어 계속하다 열 대를 넘게 연달아 맞았던 것이다.

"규덕인 바본가 봐. 한두 대 맞았으면 그만해야지, 저걸 계속 하고 있었대 글쎄. 삼촌들이랑."

둘째 할머니는 내 미련함을 탓하셨다. 그렇지만 아무 말도 귀에 들어오지 않았다.

"아잉~ 아파아! 내가 나중에 다 때려 줄거야!"

맞은 것도 아프지만 한 판을 못 이기고 내리 진 게 억울하고 분해서 눈물은 쉽게 그치지 않았다. 할아버지께서 형제가 많으셔서, 나이 차이가 얼마 안 나던 막내 삼촌들은 짓궂은 형들 같았다.

동아할아버지께서 떠나시고 한동안은 정리할 것들이 많아 작은 집 식구들이 우리 집에 자주 왔다. 그 때마다 나는 2층에서 삼촌들과 놀고 있었고 1층에서는 어른들의 심각한 대화가 오고 갔다. 결혼하자마자 일찍 분가한 작은 할아버지들은 욕심이 많은 분들이셨던 것 같다.

××××

"할아버지 뜻이 이러하셨고 다들 동의하셨잖습니까? 이미 많이 받아가셨
는데 왜 또 이러십니까?"

"기보 넌 빠져있어! 어른들 이야기하시는데. 형님 저희 생각엔..."

할아버지께서는 묵묵히 들으실 뿐 대답하지 않으셨다.

"장손으로서 마지막으로 하는 간곡한 부탁입니다. 숙부님들, 제발 여기
서 멈춰 주세요. 그러면 지난 일은 다 잊고 예전처럼 화목하게 지낼 수
있어요."

"글쎄, 네가 낄 자리가 아니래두! 아주버님! 이러실 거면 차라리 저 땅 팔
아서 나눠 갖는 게 어때요? 아니면 나라에 세금으로 내든지요. 아무도
안가지면 될 거 아니에요? 어차피 저흰 평생 먹을 돈 다 벌어놨으니 좋을
대로 하세요!"

"팔긴 이놈들이. 저 땅이 어떤 땅인데 이것들아!"

침묵을 지키시던 할아버지께서 한 말씀 하셨다. 매일 같이 동아할아버
지 자전거 뒤에서 한참을 달리던 하일동 논마지기와 고추밭, 농번기 때
면 온 가족이 흙투성이가 되어 일하던 우리 집 텃밭, 여름이면 우리 집
마당에는 고추를 말리느라 매운 냄새가 가시질 않았다. 동아할아버지께
서 가슴을 치시며 눈물과 함께 큰 아들 미래와 바꿨다고 하시던 땅이 동
강동강 나는 소리였다.

작은 집 식구들은 내게는 늘 따뜻한 분들로 기억되었지만 아버지와 할
아버지께는 아니었다. 할아버지께서 평생을 모시고 살았던 증조할아버
지의 유언을 번복해서, 그 분이 평생을 일구신 땅을 나누어 헐값에 라도

팔아넘기자던 분들이었다. 처음엔 사람이라면 누구나가 갖게 되는 욕심이라 생각했지만 그 후 10년에 걸쳐서 2~3년에 한 번씩 꼭 법적인 시비를 걸어왔다. 끝이 보이지 않는 재산 다툼 속에 할아버지는 차라리 예전처럼 찢어지게 가난한 집이었다면 이럴 일이 없겠다고 한탄도 여러 번 하셨다.

증조할아버지께서 떠나시고 슬퍼할 겨를도 없이 시작된 다툼은 결국 끝이 나지 않고 10년 넘게 서로 만나지 못했던 작은 할아버지들은 큰형의 장례식장에서 함께 향내를 맡으며 눈물을 보이셨다. 동아할아버지께서 보셨으면 또 한 번 가슴 치고 우셨으리라. 그러면서도 앞으로가 걱정되었다. 한 세대가 지난 지금 또 한 번 그런 일이 일어나진 말아야 할텐데...

"뭐 삼촌들이랑은 명절 때마다 재밌게 놀았죠. 잘들 지내셨어요?"
"그럼, 우리야 잘 지냈지. 넌 큰 형 쏙 빼닮았네. 큰 아버지 오랜만에 뵈니까 옛날 생각 많이 난다."
"그러게. 같이 밤 새줘야 되는데. 규덕이 화투 칠 줄 알아?"
"화투는 좀 그렇고, 저기 구석 가서 오목이나 한 판 두시겠어요?"

16년 만의 통쾌한 복수였다. 사실 통쾌하지 못하다. 내가 열 살만 되었어도 삼촌들을 이겼을 텐데 삼촌들이랑 오목 한 판 다시 두기까지 16년이나 걸렸다. 이제 또 언제 볼 수 있을지 몰랐다.

×××

62

노장

×××

조문객들은 밤 열두시가 넘자 집으로 돌아갔고, 가족들도 번갈아 잠을 청했다.

"아버지, 잠깐이라도 눈 좀 붙이고 오세요."
"아니야, 난 여기서 잘 테니까 어머니랑 집에 가서 쉬고 와."

아버지는 빈소를 떠나지 않으셨다. 혹시나 해서 향 대여섯 개를 한 번에 불 붙여 놓고 집으로 돌아왔다.
앞으로 우리네 식구만 살기엔 조금은 넓은 집이었다.

"어머니, 할아버지 수발드느라 수고했어요."
"내가 좀 더 일찍 아버님 모시고 살았어야 하는데, 자신이 없었어. 잘 할 자신이. 흑흑흑."

오랜만에 나란히 누운 모자의 베갯잇은 눈물로 흠뻑 젖었다.

"30년 동안 일 많고 사람 많은 집에 시집 와서 얼마나 고생이 많았어. 우리 엄마. 엄마는 할 만큼 한 거야. 이제 편하게 호강하고 사세요."

쉽게 잠이 오지 않았다. 자꾸 눈물이 났다. 이 집에서 태어나 살면서 울었던 기억들이 머릿속을 스치고 지나간다. 그 때마다 달래주셨던 동아 할아버지, 붕붕할아버지, 할머니...

이젠 내 곁에 아무도 남지 않으셨다. 왠지 오늘은 오래 전 할아버지 옆에서 잠들 때처럼 자다가 오줌을 쌀 것도 같았다.

"흑흑... 이사장님..."

이튿날 다시 찾은 빈소엔 대여섯 명의 사람들이 함께 절을 하고 있었다. 제일 앞에는 30대 초중반으로 보이는 한 여자가 눈물을 흘리고 있었다. 어디선가 본 것도 같고 아닌 것도 같은 젊은 여자였는데 먼 친척인가 하는 생각이 들었다.

"아버지, 저 분들은 누구시죠?"
"마을금고 직원 분들이잖아."

생각해보니 설이나 추석 때마다 인사를 와서 식사하고 가던 사람들이었다. 그렇지만 할아버지께서 이사장으로 계셨던 시간은 4년 정도였다. 지금은 은퇴하신지도 10년이 다되어 가는데 저렇게 젊은 사원들이 눈물로써 할아버지 사진 앞에 서 있다는 게 조금 의아했다.

"찾아주셔서 감사합니다. 뭐 필요한 건 없으세요?"

×××

"이사장님 손자분이시구만. 이리 와 앉으세요."
"아~ 이사장님께서 늘 말씀하시던 그 엄친아가 이 분이세요?"

좀 전에 눈물을 흘리던 젊은 여자였다.

"저희 할아버지랑 정이 많으신가 봐요?"
"네, 그럼요. 아버지 같은 분이셨는데. 고등학생이었을 때 봤던 거 같은데 손주분도 많이 컸네요."

구의원을 그만두신 후에 1년을 쉬신 할아버지께서는 주유소 옆에 남은 논밭에서 농사일을 하시며 농협조합원으로서 활동하셨다. 그러다 어느 날부턴가 할아버지께서는 다시 양복을 즐겨 입으시고 주유소 사무실이 아닌 곳으로 출근하시기 시작하셨다.

새로운 사무실은 고덕초등학교 건너편에 있는 새마을금고였다. 할아버지의 직함은 이사장이었다. 이사장은 선거로 뽑았지만 지자체 선거와는 다르게 큰 유세도 선거운동도 없었다. 아버지께서는 늘 할아버지께서 농협과 새마을금고에는 오랜 인연이 있으셨다고 하셨다. 때문에 오래 전부터 우리 집 벽에 걸린 달력에는 죄다 새마을금고가 새겨져 있었다. 할아버지께서는 일흔에 가까운 노년의 연세이셨지만 꼼꼼함과 섬세함을 발휘하셔서 때로는 여러 직원들을 당혹스럽게 하셨다고 한다. 매번 심의 안을 확인하시고, 이사들이나 직원들이 자신들에게만 유리한 결정을 내리면 크게 호통을 치시던 할아버지를 시기하고 질투하는 사람들도 많았다.

중학생이었던 나는 할아버지의 새 사무실에 한 번도 찾아가 본 적은 없었지만 종종 식사 자리에서 오고 가던 대화를 통해 사정을 듣곤 했었다. 시간이 많이 흘렀지만 다른 일터에서도 할아버지는 본인의 방식을 고수하시는 분이셨다.

"내 이제 정신이 오락가락할 나이라고 계장이며 팀장들도 무시하고 쉽게 쉽게 일하려고 하는데 어림도 없지. 얼마 전에는 구의원 하던 사람이 찾아와서, 이러면 예금 다 빼서 다른 은행에 넣겠다고 엄포를 놓던데 웃음밖에 안 나오더군. 아니, 마을금고가 언제부터 이사들 저금리로 돈 대 주는 데였냐 말이야. 싼 값에 돈 빌려가서 다른 은행에 처박아 두겠다는 심보 가진 놈들이 누굴 바보로 보나."

화가 나셨다기 보다는 여유로운 직언이었다.

원래 새마을금고는 70년대에 동네 사람들이 한푼 두푼 돈을 모아 생긴 자금으로 운영되는 일종의 기금재단이었다. 그런데 점점 자금의 크기가 커지면서 은행과 비슷한 모습을 갖추어 나가게 되었고, 특정 인물들의 입맛에 맞게 굴러가고 있었던 것이다. 구청장에게도 일침을 가하시던 할아버지께서 이를 덮고 지나가실 리 없었다.

"아버님, 요즘 규덕이는 사춘기라 말도 잘 안 들어요."
"에이, 뭐 기보는 그만 때 안 그랬나? 모두 다 그럴 때가 있는 거지. 마을금고 직원들이 말을 안들을 때도 처음엔 화가 나다가도 다 아들, 딸들 같아서 쉽게 화를 낼 수가 있어야 말이지. 다 엇나갈 때가 있는 거야. 너무 조급하게 생각하지 말고 때 되면 다 자기 갈길 찾아 가게 마련이거든."

중학생이 되며 사고도 종종 치고 부모님과도 때때로 부딪치던 내게 할아버지께서는 늘 믿음을 주시던 분이셨다. 때로는 부모님께 실망을 시켜 드려 믿음을 잃더라도 할아버지만큼은 늘 내 편이셨다. 마을금고 직원들에게도 때로는 주유소 아르바이트생들에게도 본연의 카리스마와 따스함으로 항상 경외의 대상이셨다. 명절 때나 집안의 경조사가 있는 날이면 마을금고 직원들과 주유소 직원들을 모두 집으로 부르셔서 식사를 대접하곤 하셨다.

새마을금고 이사장시절

할아버지와 알고 지내시던 분들의 지지도 받고, 새마을금고의 성장에도 성과를 얻어 금고의 역사상 최대의 예치금과 수익을 내셨지만, 할아버지께서는 재선에서 한 표 차이로 낙선하셨다. 그게 할아버지의 마지막 직장이셨다.

그렇지만 집안 식구 중에는 누구도 낙선에 아쉬워하거나 낙담하지 않았다. 할아버지께서 이렇게 저렇게 바꿔 놓으신 마을금고의 새로운 방향에 불만을 느낀 기존의 세력들이 똘똘 뭉쳐 자기들 입맛에 맞는 후보를 당선시킨 것이다. 일각에서는 그런 사람들에게 비위를 좀 맞추시기를 권유하기도 하였지만 할아버지께서는 단호하셨다.

"여긴 강동구야. 엄연히 이 동네에 수십 년 동안 살아온 원주민들도 있고, 갈 곳 없어 들어온 실향민들도 있고, 경북사람 경남사람 너 나 할 것 없이 다 같이 사는 동네에 저들끼리만 똘똘 뭉쳐 다니는 놈들 비위 맞춰야만 할 수 있는 일이라면 안하고 말지. 난 그 짓거리 못해."

그 후로도 새마을금고와의 인연은 끊어지지 않았지만 새로운 이사장과는 불편한 관계가 생겼다. 새로운 이사장은 각종 사건에 연루되어 여러 사람들의 입에 오르내렸다. 주민들은 새로운 이사장의 행태에 환멸을 느꼈지만 새마을금고에서는 이렇다 할 대안을 찾지 못하고 휘청거렸다. 할아버지께서 그토록 지키고자 하셨던 것들이 무엇이었는지 반증이라도 하듯이...

식사

××

   빈소에는 다리가 불편하신 분들도 많이 오셨고, 허리가 구부정한 분들, 자식들의 부축을 받으면서 오신 분들, 간난 아기를 데리고 오시는 분들도 더러 있었다. 몸이 불편한 분들은 대부분 빈소에서 땅을 치고 대성통곡을 하셨다.

××

"아이고, 이리 한 일이 많은 사람을 하늘도 무심하시지. 어찌 이렇게 빨리 데려간다냐? 가야할 사람들은 안 가고 어쩜 이럴 수가 있어?"
"심 의장, 뭐 그리 급하다고 이리 갔나? 하루하루 같이 늙어가는 처지에 좀 기다렸다 같이 가지 말이야."

흔치 않은 풍경이었다. 저 분들 한 분 한 분께 할아버지는 어떤 분이셨을까? 내가 아는 할아버지의 모습은 어쩌면 극히 일부였을지 모른다는 생각이 들었다.

그럴 만도 한 것이 내가 태어났을 때 이미 할아버지께서는 환갑을 바라보시던 연세이셨으니 그 전의 반백년 시간 동안의 일은 한 번도 들어본 적이 없었다. 할머니를 어떻게 만나셨는지 아버지께는 어떤 아버지였는지 동사무소에서는 어떻게 일하게 되셨는지 한 번도 여쭤본 적도 없고 궁금하게 생각해 보지도 않았다.

내게 할아버지는 늘 변하지 않으셨던 집안의 큰 어른이셨기 때문에 그 모습이 전부라 생각했다.

"입관 진행하겠습니다. 가족 분들 영접실로 모여주세요."

정말 마지막으로 보게 될 할아버지 모습이었다. 겨울 내내 환자복만 입고 계셨던 할아버지께서는 흰 침대 위에 깨끗한 수의를 입고 누워계셨다. 어제와는 다르게 입은 다물고 계셨고 오랜만에 미소도 띄우시고 편안하신 표정이었다. 하루가 지나 손에 온기가 남아있지 않았다. 참아왔던 가족들의 눈물이 하나 둘씩 터지고 아버지와 삼촌은 주저앉고 말았다.

"붕붕할아버지... 정말 감사했습니다. 편히 가세요."

마지막으로 할아버지를 꼭 한번 안아드리고 싶었지만 눈물과 콧물이 많이 나와 그럴 수 없었다.

"고인의 수의 깨끗하게 유지해 주세요."

물끄러미 할아버지의 편안한 얼굴을 바라보았다. 어린 날 손주 녀석이 오줌으로 적셔놓은 이불과 바지 속에서도 편안하게 주무시던 그런 모습이었다. 늦잠 한 번 주무신 일이 없는 할아버지께서 너무나 깊은 잠에 빠져계셨다.

"아이고, 아버님."

어머니께서는 점점 차가워져만 갔던 할아버지의 발을 어루만지고 계셨다.

"마지막으로 가족 분들은 고인을 한 바퀴 돌면서 하고 싶은 말씀을 하세요."

눈물바다 속에서 말이 나올 리 없었다. 할아버지의 몸 이곳저곳을 부둥켜안고 울기만 할 뿐 가족들 중 누구도 장의사의 말을 듣지 않았다.

"가족들 다 모시고 나가 있어."

×××

아버지께서는 눈물을 닦으시고 가족들을 내보내셨다. 염사는 아버지가 보는 앞에서 할아버지의 몸을 흰 천으로 칭칭 감았다.

"아아 할아버지. 아빠! 저거 하지 말라 그래! 답답하시잖아. 풀어드리라고."

서너 살 적 마냥 주저앉아 울며 땡깡을 부려 보았지만 뒤에 계시던 고모부께서 조용히 어깨를 두드리실 뿐 아무도 내 말을 들어주지 않았다. 아버지와 삼촌이 앞으로 나가셔서 들 것으로 할아버지의 시신을 깊숙한 곳에 안치시켰다. 공포영화 속에서 시체들이 깨어나곤 하던 그런 춥고 무서워 보이던 곳이었지만 오늘만큼은 영화 속 같은 일이 일어났으면 하는 바람이었다. 텅 빈 영접실은 싸늘하기까지 했다.

"가족 분들, 고인께 식사를 대접하겠습니다."

다시 돌아온 빈소에는 한 끼의 식사가 차려져 있었다. 영정사진 바로 앞에 밥이랑 국, 고기 그리고 오색찬란한 반찬들이 차려져 있었다. 아버지께서 술을 따르시고, 온 가족이 제배를 하며 지도사의 지시에 따라 제사를 지냈다.

"붕붕할아버지, 밥이랑 고기반찬이랑 많이 차렸어요. 많이 많이 드시고 가세요."

문득 지난겨울 내내 한 끼도 목으로 넘기지 못하셨던 할아버지의 모습들이 주마등처럼 스쳐지나갔다. 체중은 20kg가 빠졌고, 뼈만 앙상하게 남으셨다. 마지막에는 호스를 코로 집어넣어 힘겹게 식사를 하셨는데 그 마저도 자꾸 빠져 여러 번 고생하며 식사하시는 모습을 두 눈으로 지켜 볼 수밖에 없었다. 식사 중인 조문객도 많았고 입구 앞에는 지금 막 도착 한 손님들이 줄을 서 있었지만 한탄스러운 울음이 터져 나왔다.

"할아버지, 맛있는 거라도 많이 많이 드시고 가시지, 왜 고생만 하시다 가 이렇게 가세요?"

먹고 죽은 귀신이 때깔도 좋다는 속담이 참 서럽게 느껴졌다. 가래여울 송어횟집, 의정부 오리고기 집, 강일동 보신탕집, 길동 소고기 집, 명절 때마다 한약을 먹여 잡아먹던 돼지고기, 여름이면 꼭 한 번씩 들르던 옥 천냉면, 화투 한판 치시며 드시던 소머리국밥... 할아버지 손을 잡고 맛있 는 음식이라면 멀리도 찾아가서 곧 단골손님이 되곤 했었는데, 추억 많은 식당들, 좋아하시던 음식들, 할아버지께서 얼마나 드시고 싶었을까?

"가족 분들 나누어 음복하시겠습니다."

할아버지 사진 턱 밑에서 찰랑거리던 청주를 아버지께서 주셨다. 술이 라면 질색을 하는 우리가족이었지만 차라리 마시고 취해버리고 싶다는 생각에 대뜸 받아 털어 마셨다.

"술도 못하는 게 그렇게 마시면 어떡해!"
"장손 분께서 할아버지의 복을 다 가져가셨습니다. 수고하셨습니다."

ep07
군대

×××

할아버지께 오랜만에 식사를 대접하고 휘청거리며 구석모퉁이에서 쉬고 있는데 아버지께서 급하게 찾으셨다.

"규덕아. 너네 팀장님 오셨다."

빈소로 가보니, 팀장님과 재영이, 성현이, 정환이가 아버지께 절을 하고 있었다. 안타까운 눈으로 나를 보는 후임들. 평소에는 장난도 많이 치고 어지간히 뺀질대던 선임이었는데 내 꼴이 말이 아니었나 보다.

"필승! 찾아주셔서 감사합니다. 저쪽으로 안내하겠습니다."
"힘내고, 몸 생각해가면서 일 치러라."

팀장님께서는 걱정 어린 말씀을 하시고는 자리를 피해주셨다.

"네, 감사합니다. 이것들 뭘 여기까지 왔어? 부대엔 별일 없냐?"
"하루 사이에 뭔 일 있겠습니까? 힘내십시오. 심 상병님."

하루 밖에 안 지났구나. 하루 전까지만 해도 할아버지께서는 이 세상 사람이셨는데, 말씀하시기 많이 불편하셔도 매일 통화도 하고 부모님께 안부도 여쭤볼 수 있는 눈에 보이고 만질 수 있는... 꺼져가지만 아직은 살아있는 생명이셨는데. 긴 한숨이 나왔다.

군대.

피할 수 있다면 피해보고 싶었지만 뒤늦은 입대를 결심하고 태연하게 입대일 만을 기다렸다. 겁도 났지만 다녀오고 나면 아버지께 든든한 아들이 되어 집안일들을 같이 해나가겠구나 하는 기대도 많이 들었다.

새벽같이 일어나 친척들의 배웅을 받으며 진주로 향하던 날 할아버지께서 함께 가셨다. 아버지께서 운전하시던 승용차에 할아버지, 어머니, 나영이, 나 이렇게 다섯 명이 꽉 키어 타니 불편하기도 했지만, 할아버지께 감사했다. 훈련소 바로 앞 음식점에서 그렇게 우리 가족은 마지막 식사를 했다.

"너 육회 좋아하잖아. 많이 먹고 들어가야지."

할아버지께서 내 쪽으로 육회 접시를 밀어 주시며 말씀하셨다. 사실 마지막이다 생각하니 아무것도 목구멍으로 넘어가는 게 없었다. 언제 다시 이렇게 온 가족이 모두 모여 식사할 수 있을지 기약이 없어 보였다. 그렇지만 여유롭고 태연한 모습으로 들어가고 싶었다.

"모르는 집인데 먹었다 배탈 나면 어쩌려고요. 다음번에 길동 가서 같이 먹어요."

"훈련소 들어가자마자 배고플 거야. 많이 먹어둬."

아버지가 웃으며 말씀하셨다. 아버지가 내 보호자가 아닌 대선배처럼 느껴졌다. 이제 곧 아버지와도 하나의 공감대가 생기겠구나 하는 생각이 들어 좋았다.

군악대의 공연이 끝나고 입대 장병들을 부르는 방송이 연병장에 울려 퍼졌다.

"아버지, 가족들 다 피곤할 테니까 올라가면서 온양에서 온천이나 하다 가세요."
"그래, 알았다. 가족들 걱정 말고 몸 건강히 다녀와."

아침에 삼촌이 주신 모자를 벗고, 할아버지께 큰 절을 했다.

"할아버지! 6주 후면 나와요. 조금만 기다리세요."
"뭐 금방인데! 몸조심해라!"

손자 규덕 공군 훈련소 입대

마지막으로 할아버지께 힘껏 안겨보고 도망치듯 연병장으로 향했다. 오랜만에 다시 안긴 할아버지의 품 속은 예전처럼 따뜻했다. 오래전처럼 나를 번쩍 들어 올리시진 못하셨지만... 키가 작은 나는 그 날 샛노란 티를 골라 입었는데 멀리서 보니 가족들이 유난히

손자 규덕 훈련소 수료식

작게만 느껴졌다. 내가 잘 보이지 않아 까치발을 드는 나영이, 날 보며 손을 흔드는 어머니, 할아버지께 내가 있는 곳을 가리켜주시는 아버지, 그리고 할아버지. 선명했던 우리 가족의 마지막 모습은 곧 한 폭의 수채화가 되었다. 마지막으로 보는 풍경이 될 줄은 몰랐다.

군대를 온 건 잘한 선택이었을까? 선택할 수 없는 일이긴 하지만, 할아버지 곁에 내가 있었다면 조금은 달랐을 텐데 하는 생각이 들었다. 할아버지께 받은 사랑들… 그 어떠한 것들과도 비견할 데가 없는데 국방의 의무랍시고 나와 있느라 할아버지도 못 지켜드렸다는 생각에 깊은 회의가 몰려왔다. 이 나라의 국민이기 이전에 나는 장손이었어야 한다. 할아버지께 받은 만큼 나는 내 손자에게 잘 할 수 있어야 한다.

그런 날이 올 때까지 나는 아이이고 또 죄인이다.

작별

×××

    조문객들을 향해 천 번의 절을 하고 나니, 기나긴 장례식에도 끝이 보였다. 가족들은 각자 집으로 돌아가 옷을 따뜻하게 입고 다시금 빈소로 모여 할아버지께 마지막 식사를 대접했다.

"고인 분 먼 길을 가셔야 해서 술은 한 잔만 올리겠습니다."

    살아생전 술이라곤 입에도 못 대시던 할아버지께 이 조차 버거워 보여서 내가 대신 마셔드렸다. 어딜 가시던 늘 따르던 사람이 있으셨던 할아버지. 저녁 때 뚝방길을 따라 한 바퀴 산책을 하실 때에도 고개 숙여 인사하는 주민들에게 손을 들어 답하시던 할아버지. 먼 곳은 아버지가 가까운 곳은 내가 늘 함께 했었는데 혼자 가실 먼 길을 이제 그만 보내드려야 했다.

"할아버지, 저 대학 들어가면 차 사주실거죠?"
"티코나 하나 사줘야지, 뭐!"
"전 이담에 돈 많이 벌어서 할아버지 리무진 태워 드릴게요."
"돈 벌기도 전에 어떻게 쓸 생각부터 하냐? 인석아!"

×××

이렇게 지키게 될 약속일 줄은 몰랐다. 병원 앞에 주차되어 있는 리무진에 할아버지의 영정사진을 안고 탔다. 할아버지와의 마지막 동승이었다.

요란한 소리로 출발하던 카키색 엑셀. 리모컨으로 열리던 에메랄드 빛 마르샤. 할머니께서 늘 '그림의 떡'이라고 부르시던 관용차 그랜저, 은퇴하시고 아버지께서 선물하신 에쿠스, 연금으로 사신 제네시스, 붕붕할아버지께서 나를 태우고 운전하시던 수많은 차들… 그리고 이제는 앉은자리를 바꾸어 마지막으로 함께 타는 캐딜락 리무진.

가족들은 두 대의 버스에 나누어 올라탔다. 가는 길에 주유소에 들러차를 멈춰 세웠다. 할아버지께서 늘 자랑스러워하시던 아버지의 일터. 종종 일손이 부족해 내가 일을 도울 때면 다 큰 손주 걱정되어 하루 종일 사무실에서 창밖만을 바라보시던 할아버지. 사진과 함께 천천히 이곳저곳을 살피고 집으로 향했다.

지난번 병문안 때 말씀이 불편하신 할아버지께서 떨리는 손으로 쓰셨던 두 글자 '퇴원'. 가족 중 그 누구도 차마 받아들일 수 없었지만 할아버지께서는 이미 오랜 향수에 젖어 계셨다. 그런 집에 이제 서야 모시고 왔지만 휑한 한기만이 맴돌 뿐이었다. 사진 속 할아버지께서는 오랜만에 찾으신 집에 들러서 구석구석 살피신 후 집을 나서셨다.

맨 앞에서 사진을 들고 차로 향하는 내 어깨를 잡으신 아버지께서 울며 말씀하셨다.

"방앗간 할머니께 인사드려."

이젠 마지막 남은 동네 어른께 조용히 목례를 드렸다.
이젠 정말 떠나보내 드려야 한다.

집에서, 고덕동에서, 그리고 강동구에서...

"규덕아. 할아버지 잘 모셔야 한다."

어머니의 당부에 끄덕이며 대답을 하고 리무진에 올라탔다.

화장터로 가는 한 시간 동안 할아버지와 둘만의 시간이었다. 잘 모셔다드리고 싶었다. 할 수만 있다면 저 뒤에 할아버지 옆에 같이 누워 저승길까지도 모셔다드리고 싶었다.

"할아버지, 편히 모실게요. 먼 길 너무 서둘러 가시지 마시고 천천히 쉬엄쉬엄 가시다 힘드시면 한 번씩 들러주세요. 너무 외롭고 힘드시면 조금 일찍 부르셔도 제가 금방 따라갈게요. 그래서 동아할아버지랑 할머니랑 또 다 같이 살아요."

할아버지께서 귓등으로도 듣지 않으실 제안이었지만 거부할 수 없는 세상의 순리가 싫어 더 이상은 겪고 싶지 않았다. 아버지도 어머니도. 더 이상 아무도 내 손으로 보내드리고 싶지 않았다.

양재동에 있는 화장터로 가는 길은 출근 시간에도 오래 걸리지 않았다. 도착하고 나니 비슷한 리무진 몇 대가 주유소 세차장 마냥 줄을 서 있었다. 한 대씩 한 대씩 커다란 울음소리와 함께 사라졌고, 우리 차의 차례도 가까워져 갔다.

"붕붕할아버지, 이제 가야 된대요. 정말 너무 감사했어요, 할아버지. 가족들 걱정 너무 많이 하지마시고 먼저 가셔서 기다리고 계세요. 사랑해요, 할아버지."

리무진에서 내리니 버스에서 먼저 내린 가족들과 조문객들이 2열종대
로 서있었다.

맨 앞에는 아버지 친구 분들이 관을 나를 준비를 하고 있었고, 곧 트렁
크가 열리고 할아버지께서 나오셨다.

"아이고, 아버지!"

고모들과 삼촌이 관에 손을 얹고 통곡을 하며 길을 가로막았다. 저 안
에 계실 할아버지 불편하시진 않을까. 마지막으로 한번 열어보고 싶었지
만 뵙고 나면 더 보내드리기 힘들 것 같았다. 자동으로 움직이는 들것에
실린 관은 곧 가족들과 마지막으로 인사를 하고 불구덩이 속으로 들어
갔다. 여름이면 함께 자주 가던 포천의 용암온천. 뜨거운 물에 들어가기
싫어 도망치던 나를 안고 온탕도 열탕도 잘 들어가시던 할아버지셨으니
진짜 용암 속에서도 잘 견디실 거라 자기 위안을 해본다.

"아버지, 편히 가세요."

아버지께서는 무릎을 꿇고 울면서 화구를 바라보셨다.
할아버지께서는 한 시간 정도 사우나를 즐기셨다. 그 동안 우리 가족
은 대기실에 가만히 앉아 있지를 못하고 여기저기 숨어서 울다가 서로
등도 두들겨 주고 손수건도 건네며 시간을 보내고 있었다. 그런데 아버
지의 모습이 보이지 않았다.

×××

"규덕아, 아버지 좀 찾아봐라."

왠지 어디 계실지 알 것 같았다. 지난 번 할머니를 보내드릴 때 내가 숨어있던 햇살이 많이 들어오는 흡연구역으로 가 보았다. 그 곳에선 아버지께서 창밖을 보며 입을 꾹 다물고 계셨다. 아버지를 안아드렸다.

"아버지, 눈물이 나면 그냥 좀 울어요. 왜 이런 날 맘대로 울지도 못해요."
"그래 그래."

아버지께서도 나를 안아주셨다. 아버지가 작게만 느껴졌다.

"할아버지께서 우리에게 다 남겨주고 가셨어. 다 같이 잘 지켜나갈 수 있을 거야."

무슨 뜻인지 알았지만 더는 묻고 싶지 않았다. 아버지를 잃으신 아버지께 형제들은 지켜드리고 싶었다. 삼촌도 고모들도 다 할아버지께서 남기시고 간 흔적들이니까.

긴 사우나를 끝내고 다시 찾아뵌 할아버지는 철심이 박혀있는 뼛조각들과 틀니, 그리고 작년에 박은 세 개의 임플란트로 남아 계셨다. 고생고생 하셔서 심은 임플란트, 한 번도 써보지도 못 하시고 가셨다고 생각하니 아버지의 지나친 효성이 원망스러웠다.

이제 네모난 상자에 담긴 할아버지를 모시고 여주에 있는 우리가족 장지로 갔다. 할아버지께서 후손들이랑 다 함께 살자고 10년 동안 준비하신 새로운 우리 집이었다. 수백 구가 들어갈 큰 납골묘에 얼마 전까지 할

머니 혼자 계셨는데 이젠 외롭지 않으시겠다는 생각이 들었다. 가루가
되어버린 할아버지를 마지막으로 이리저리 만져보다 자기 속에 담아드
렸다. 임플란트와 틀니는 할머니 틀니를 묻어놓은 나무 옆에 나란히 모
셨다.

　삼우제를 기약하고 근처의 식당으로 향했다. 가족들과 손님들은 이미
모두 자리를 잡고 앉아있었다. 내 자리는... 없었다. 눈물을 닦고 다시
한 번 찾아봤지만, 역시나 내가 앉을 곳은 없었다.

　식탁의 한 가운데 앉아 동아할아버지와 붕붕할아버지가 번갈아 주시
던 반찬을 포크숟가락으로 찍어먹던 때부터 내 자리는 늘 할아버지 옆
자리였다. 명절에도, 할아버지 생신 때도, 삼촌 결혼식 때도, 할머니 장
례식 때도, 격식도 서열도 다 무시하고 내 자리는 늘 할아버지 옆자리였
다. 어안이 벙벙해졌다. 국보삼촌과 원보삼촌이 손짓을 해서 옆에 가서
먹긴 했지만, 남의 집에서 눈칫밥 먹는 기분이었다.

꿈

××××

장례식을 끝내고 삼촌과 나는 방앗간으로 향했다. 나와는 7촌 관계. 그러니까 할아버지와는 5촌 관계이신 방앗간 할머니는 할아버지께 친아들 대하듯 의지하셨다.

"아이고, 할머니 어떡해."

할머니를 붙잡고 삼촌이 울음을 터뜨렸다.

"영보야, 괜찮아 울지 마. 이 늙은이가 가야되는데, 내가 떠나야 되는데 하나님도 무심하시지."
"그런 말씀 마세요, 할머니."
"아니여, 아니여. 내가 죽어야 되는데 규덕이가 얼마나 많이 울었을까, 눈에 훤해."

××××

중풍으로 몸이 편찮으신 방앗간 할머니께서는 몇 년째 방 안에서 나오지 못하고 계시지만 매일 운동도 하시고 성경책도 보셔서 건강하셨다.

"괜찮아요, 할머니. 할아버지 가시는 날 제 꿈속에 들렀다 가셨어요."

익숙한 병실 안에 다 그대로 있었다. 반쯤 젖혀져 있는 침대도, 혈압과 심박수를 체크하는 기계도, 창가에 따놓고 먹지 못한 주스도, 집에서 가져온 담요도 슬리퍼도, 병실 안엔 할아버지와 나 둘 뿐이었다.

"규덕아, 울지 마."
"할아버지, 붕붕할아버지. 저 잘할게요. 이 다음에 커서 장관도 하고 대통령도 하고, 아버지, 어머니께 효도도 하고 그럴게요. 할아버지."
"그래그래. 넌 잘 할 수 있을 거야. 울지 말고 건강해야 돼, 덕덕아."
"정말 정말 감사했습니다. 할아버지. 감사했어요. 정말. 너무 보고 싶을 거예요."
"울지 말고 규덕아. 할아버지 괜찮아. 이제 편하게 갈게."

심박수는 점점 낮아져가고 침대에 앉아계시던 할아버지는 그렇게 점점 흐릿해져 갔다.

"간호사! 간호사!"

간호사를 부르러 달려가고 싶었지만 할아버지의 손은 내 팔목을 꽉 잡고 놓아주지 않았다.

××××

이제 너무 힘드니 당신을 그만 보내달라는 듯이...

그렇게 할아버지를 꿈속에서 보내드렸다.

잠에서 깨어나 경호팀장의 전화를 받고 나서야 단순한 악몽이 아니었음을 알았다.

"그 양반, 손주를 그렇게 이뻐하더니 마지막까지 손주 한 번 보고 갔구만. 할머니가 장지 같이 못 가서 미안해. 니 할아버지, 할머니 묻혀 있는데 할머니가 같이 가줘야 되는데 나중에 죽어서나 가겠네."

"제가 제대하고 꼭 모시고 갈게요, 할머니. 건강하셔야죠."

"니 할아버지가 우리 집 기둥이였어. 이렇게 허망하게 가는 법이 어디 있데. 내가 대신 갔어야 했어. 나 때문이야."

방앗간 할머니께서는 마음 아픈 이야기를 계속 하셨다. 방앗간 할머니께 할아버지는 어떤 분이셨을까? 내가 한 번도 본 적 없는 시절의 할아버지는 어떤 분이셨을까?

"할아버지는 어떤 분이셨어요?"

"너희 할아버지만한 효자는 없을 거야. 우리 아버지도 너희 할아버지가 친아버지처럼 모시고 따랐어. 아버지 편찮아 입원하셨을 때도 너희 할아버지가 매일매일 병문안을 왔었어."

방앗간 할머니께서는 큰 소리로 울음을 터뜨리셨다. 평생 효도의 대상이기만 했던 할아버지도 동아할아버지의 아들이셨고 장손으로, 장남으로 자라왔던 수 십 년의 시간이 있었으리라. 그리고 다행인 건 그 시절의 할아버지를 내가 조금은 닮아가고 있다는 것이다.

집으로 돌아와 할아버지 방에 들어가 침대 위에 한번 누웠다. 점점 사라져가는 할아버지 냄새. 이제 곧 아버지께서 이 방을 쓰시겠지. 그리고 언젠간 또 내가 이 방을 그리워하며 세상과 이별할 날도 오겠지. 할아버지 방 장롱 위에는 납작한 상자들이 많이 있었다. 장롱 위를 비워놓으면 귀신이 자리한다며 살아생전에 할머니께서 늘 꼭꼭 채워놓으신 것이다. 어렸을 때 손이 닿지 않아 꺼내보지 못했던 상자들을 하나 둘씩 꺼내보았다.

가장 위에 있던 상자 속에는 한 권의 노트가 있었다. '二十四世 沈元燮' 동아할아버지의 성함이었다. '二十三世, 二十二世...' 할아버지의 할아버지, 증조할아버지의 성함들이 줄줄이 한자로 쓰여 있었다. 할아버지 글씨체였다. 명절에 차례를 지낼 때 할아버지께서 참고하시던 노트였다. 노트 뒤에는 앨범이 있었다. 빛이 바랜 사진들 속에는 건강하시던 할아버지, 할머니께서 계셨다. 그마저도 카메라가 우리 집엔 늦게 들어왔는지 할아버지의 젊은 시절의 사진은 찾기 어려웠다. 나머지 상자 속엔 할아버지의 메모도 있었고, 옛날 돈들도 있었고, 누렇게 바랜 노트도 몇 권 더 있었다.

일기장

유학

×××

"재풍아, 중학교는 서울로 다녀오너라."

아버지는 또 내게 서울로의 유학을 권하셨다. 생각을 안 해본 건 아니
었지만 짧지 않은 거리였기 때문에 일치감치 포기했던 진학의 꿈이었다.
한편으론 미안한 생각도 들었다. 내 밑으로 동생만 네 명. 자기 밥그릇
은 다 갖고 태어난다지만 간난쟁이인 막내 재환이까지 생각하면 아무래
도 아버지 혼자서는 무리일 텐데 하는 생각이 들었다.

"아버지, 전 농사짓는 게 꿈입니다."
"이놈아! 돼지농사고 밭농사고 얼마나 힘든 일인 줄 알고 하는 말이니? 농
사짓는 일 내 대에서 끝내려니까 잔말 말고 선생님께 그렇게 말씀드려."
"아버지, 전 정말 괜찮아요. 공부라면 읽고 쓸 줄만 알면 됐죠. 더 이상
은 이골이 난다고요. 공부는 재권이나 재환이 시켜도 되잖아요."
"재풍아, 네가 집 생각해서 그러는 거 내가 모를 줄 아니? 니 마음 알겠
다만. 이제 우리 땅도 생겼고, 인민군도 다 물러갔잖아. 지난 세월 늘상
하던 일인데 너 하나 없다고 힘들 거 하나 없다. 걱정 말고 애비소원 들
어다오."

이번엔 결심을 단단히 하셨는지 언성까지 높이시며 말씀하셨다. 사실 진학의 꿈을 접은 건 집 생각 때문만은 아니었다. 매일매일 서대문까지 손수레를 끌고 가서서 얻어온 모이로 소, 돼지 기르시는 아버지, 할아버지를 생각하면 서울도 먼 거리는 아니었다. 하지만 집집마다 식구고 친척인 이 하일동을 떠나 남의 집에서 눈칫밥 먹으며 산다는 건 생각만 해도 아찔했다. 더군다나 동네에선 나름 똑똑하고 공부든 운동이든 빠지지 않았지만 처음 보는 녀석들과 부딪쳐 이겨낼 수 있다는 보장도 없었다.

"내일 아침에 나갈 채비해! 박 씨 아재알지? 나랑은 네 할아버지 밑에서 형제같이 자랐고 너랑도 8촌이니깐 가서 잘해. 거기 있는 동안은 박 씨가 네 아버지야."

이미 살 곳까지 마련해 놓으신 아버지의 뜻에 더 이상 토를 달 수 없었다.
복잡한 마음에 조금 일찍 자리를 깔고 누웠다.

"형! 같이 잣치기 하자!"

둘째 재찬이었다. 박 씨 아저씨 집에서 살게 되면 나와는 두 살 터울인 재찬이 생각도 많이 나리라. 늘 장난이 심하고 다혈질인 찬이가 나 없는 동안 아버지를 도와 가족들을 잘 지켜낼 수 있을까 걱정이 됐다.

"찬이 너 여기 앉아봐라."
"왜 그래 형? 무슨 일 있어?"

"형, 내일 강 건너 박 씨 아저씨네 간다."

"지난번 할아버지 생신 때 오신 그 아저씨 맞지? 그게 뭐?"

"그래. 형 아마 한 동안은 그 집에서 지내야 할 것 같아."

"왜 형? 그 집 딸 뿐이라 양자들이신데? 재들도 있는데 왜 장자인 형이 가? 새 어머니가 그러래? 내 이걸 그냥!"

새어머니께선 따뜻한 분이셨다. 몸이 약하셨던 우리 어머니께서 일찍 떠나시고 맏며느리로 들어오신 둘째어머니께선 배다른 우리 두 형제를 친아들들과 다름없이 보살펴 주셨다. 바쁘신 아버지와 사이도 좋으셔서 내게 동생을 셋씩이나 낳아주신 분이셨다.

"아니야 아니야, 그런 게 아니라, 형 중학교 가기로 했어."

"에이! 난 또 뭐라고. 잘 됐네. 형 가고 싶어 했었잖아."

"형 없으면, 이제 찬이 네가 장남이야. 동생들이랑 사이좋게 지내고, 아버지 잘 도와 드려야 돼."

"나두 이제 다 컸다고 형! 걱정 마. 내가 형 올 때까지 집 잘 지키고 있을게!"

사실 누구보다 이 녀석이 제일 걱정이었다. 찬이도 새어머니를 참 좋아했지만 셋째 재권이와 다투는 일이 있으면 이상하게 꼭 우리 어머니 너네 어머니를 구분하는 습관이 있었다. 때문에 내가 없는 동안 동생들과 싸워서 어머니와 멀어지진 않을까 노심초사했다. 다른 건 몰라도 나만 믿고 따르던 둘째를 혼자 두고 가는 것 같아 겁이 났다.

×××

93

"재찬아, 형 그냥 가지 말까?"
"무슨 소리야 형. 형이 공부를 해야 이 다음에 족보도 쓰고 제사도 지내고 하지. 그리고 나 이제 거름냄새, 돼지 똥냄새 다 싫어. 그니까 형이 출세해야지."

재찬이와 이야기를 나누다 잠들고 나니, 이른 아침에 아버지께서 나를 깨우셨다. 어머니께서는 부엌에서 이것저것 챙기고 계셨다. 쌀 포대랑 김장 김치 담아 놓은 작은 항아리, 간장, 고추장 양념들을 바리바리 싸 주셨다.

"아버지, 이게 다 뭐에요?"
"이놈아, 이게 다 네 밥값이여. 그니까 기죽지 말구 많이 많이 먹고 이만큼 커서 와야 한다."

당장의 일도 아닌데 식구들과 이른 이별을 하는 느낌이었다. 그렇지만 애써 태연하고 여유로운 체 했다.

"제 밥값이 이것 밖에 안 되나요 어디? 가서 실컷 먹고 뽕을 뽑아올게요."

오랜만에 아버지 손을 잡고 길을 나섰다. 늘 농기구 아니면 짐을 들고 계셔서 쉽게 잡아보기 힘든 거칠거칠한 손이었다. 내가 없는 동안에도 달라지는 건 없을 것이다.

"저 봐. 여기까지가 광나루이고 이 강 건너가면 서울이여."

집 앞 뚝방과는 비교할 수 없을 만큼 넓은 강이었다. 막상 걸어오니 먼 거리는 아니었지만 처음 와보는 곳이었다. 몇 푼의 품삯을 주고 나룻배를 타고 한강을 건너갔다. 처음 타는 배라 그런지 뱃멀미가 심했다. 매일 배를 타고 통학하느니 눈칫밥 먹는 게 낫겠다는 생각도 들었다.

"네가 재풍이로구나. 그새 많이 컸네. 그래 잘 생각했다. 농사일도 좋지만 너만 땐 배우는 게 제일이여."
"동네에선 젤루 똑똑한 내 장남이여. 부족한 데가 많아도 무쪼록 잘 좀 부탁한다구."
"여보게 원섭이. 우리가 어디 남인가? 자네 아들이면 내 아들이기도 한데 걱정 말고 자넨 딸린 식구들이나 신경쓰라구."
"고맙네. 내 자네만 믿음세."

그렇게 아버지와의 오랜만의 외출이 끝나고 얼마 지나지 않아 나는 구천국민학교를 졸업했다. 그리고 곧 동대문 앞 백남중학교에 새로 입학하고 박 씨 아저씨 댁에서 타지생활을 시작했다.

동대문에서 원단 장사를 하시는 박 씨 아저씨네 집은 우리 집과는 비교도 안될 만큼 작았지만 아늑하고 신기한 물건들이 많았다.

"오빠는 이 담에 커서 뭐가 되려구요?"

박 씨네 큰 딸 순애였다. 나와는 나이 차이가 꾀 났지만 장녀여서 그런지 집안일도 잘 하고 부모님이 안 계실 때면 동생들을 돌보는 기특한 녀석이었다.

"글쎄, 생각해 본 적이 없는걸."

"에이, 그런 생각도 없이 여기까지 와서 공부한데요?"

"나야 뭐, 아버지가 보내시니까 어쩔 수 없이 온 거지."

적당히 답을 피했다. 마음 같아선 이 박사님 같은 대통령도 되고 싶고, 장사를 해서 돈을 많이 벌어보고 싶기도 하고, 아버지를 도와 땅을 모아 부농이 되고 싶은 생각도 많이 해봤지만 그게 어디 내 뜻대로 되겠는가. 할아버지께서 한 마리 두 마리 모아 키우던 돼지들은 피난길에 데려 갈 수 없어 인민군들 반찬거리나 되어 버렸고 그나마 있던 논 한마지기마저 황폐해져 우리 집은 예전만큼 살기도 어려워졌다. 아버지는 세상이 어수선 해서 언제 무슨 일이 일어날지 모른다고 부엌 귀퉁이에 항상 쌀 포대를 쌓아놓으셨다.

안 굶고 버텨서 살아남는 일. 그 속에서 하루빨리 밥벌이를 하는 일이 내게는 가장 시급한 문제였다.

"심재풍!"

"네!"

대답과 함께 주판을 머리위로 높이 들어 보였다.

"넌 무슨 책상만한 주판을 가져왔나?"

"하하하하핫!"

교실 아이들의 웃음소리가 터져 나왔다. 부끄러워 고개를 푹 숙였다.

×××

"이종선!"
"네!"
"정병진!"
"옛!"

대여섯 명이 가져온 주판을 돌려쓰던 국민학교 시절과 달리 서울 녀석들은 저마다 손바닥만 한 주판을 하나씩 꺼내 보이며 대답했다. 하일동을 나설 때 미처 챙겨오지 못해 박 씨 아저씨가 점포에서 쓰시던 주판을 가져왔는데 다른 아이들 것보다 곱절은 커보였다. 그렇지만 추수철마다 작은 집과 몫을 나누시던 아버지께 어깨너머로 주판알 퉁기는 것 하나는 제대로 배운 터라 비웃는 녀석들을 보며 시험 날만을 기다렸다. 처음엔 중학교 시험에 자신이 없었지만, 중학교 친구들도 국민학교 때와 다름없이 장난기 많고 놀기 좋아하는 녀석들이어서 곧 자신감이 붙었다.

"1등 심재풍? 넌 주판 값하는구나. 니들도 큰 주판 하나씩 사야겠다."
"하하하하!"

시험이 끝나고 또 한 번 친구들의 박장대소가 터졌다. 첫 수업 때완 달리 자랑스럽게 일어섰다. 종선이와 병진이는 뒤를 돌아보며 내게 신나게 박수를 쳐줬다. 걱정했던바와 달리 순탄하게 시작 된 타지생활이었다.

ep11

길

×××

"심재풍! 수업 끝나고 교무실로 잠깐 와."

출석을 부르고 담임 선생님께서 나를 보고 말하셨다.

"네!"

영문도 모른 채 대답을 하고도 어리둥절했다. 중학교 3년 동안 다른 놈들처럼 담배도 안배우고 과목 선생님들께 혼난 일도 없었는데 뜻밖의 호출에 적잖이 당혹스러웠다. 2학년 때, 동대문 병원에 입원해 계시는 상안이 할아버지 병문안을 다녀오라던 아버지의 말씀을 전해주신 이후로 처음 있는 담임선생님과의 일대일 면담이었다.

"재풍아! 무슨 일 있는 거야? 혹시 담배피우다 걸렸니?"

종선이었다. 3년 동안 늘 붙어 다니던 종선이와 병진이는 졸업 후에 집안일을 돕겠다고 했다. 옷가게 집 아들이던 종선이는 아침에 도매시장에서 물건을 받아 오는 일을 맡기로 했고, 홀어머니를 모시고 살던 병진이는 인쇄소에 취직을 했다.

"무슨 소리야. 내가 언제 담배 피는 거 봤어?"
"그럼 뭐야? 지난번처럼 집에 무슨 일이 난거 아니야?"
"너는 재수 없는 소리하고 있어. 재풍아. 일단 다녀와서 얘기해줘 무슨
일인지!"

종선이가 병진이의 이마를 쥐어박으며 말했다. 가끔 부딪치고 다투는
일도 많았지만 금세 장난을 걸어오고 허물없이 놀던 녀석들이었다.
교무실 안쪽에는 이제 갓 들어온 1학년 녀석들이 꿇어 앉아 손을 들고
벌을 서고 있었다.

"선생님 찾으셨습니까?"

김성진 선생님께서는 안 쓰시던 돋보기안경을 쓰고 종이뭉치를 살펴
보고 계셨다.

"그래. 이리와 앉아 본나."

책상 옆 철제의자에 앉아서 한참을 기다렸지만 선생님께서는 쉽게 말
씀을 꺼내지 않으셨다.

"재풍이 니는 이담에 커서 뭐가 되고 싶나?"

부산 출신인건 알았지만 늘 서울말만 쓰시던 선생님께서 사투리로 내게 말씀하셨다.

"저는 아직 잘 모르겠습니다."
"이놈아. 모르는 게 어딨노? 졸업하고 나면 바로 세상이다. 지금이 얼마나 중요한 시긴데 다 큰 놈이 모른다 하면 그만이가?"

답답해하는 표정으로 선생님께서 고함을 버럭 지르셨다. 눈물이 찔끔 났다. 무서워서도 있었지만 또 한 번 심각한 고민을 해야 할 때가 왔나하는 생각에 마음이 무거워졌다.

"선생님, 저는 큰 사람이 되고 싶습니다."
"큰 사람? 작은 사람이 되고 싶은 놈도 있나? 니 똑디 말해야지 안 그러구 나중에 내 원망할래?"
"돈도 많이 벌어보고 싶고, 이 담에 이승만 박사처럼 대통령도 해보고 싶고... 아니 뭐가 됐든 우리 집 밥상에 매일매일 고기반찬 올려놓고 싶습니다."

중학교에 올라와 처음으로 입 밖으로 꺼내 본 말이었다. 선생님께서는 잠시 말이 없으셨다.

"그럼 공부 해야겠네. 네놈아 대학 가야겠네!"

할 말을 잃었다. 큰아들 서울로 중학교 보낸 것만으로도 두고두고 자랑하셨던 아버지. 내가 자란 하일동에서는 국민학교 졸업도 못하는 사람이 많았다. 중학교 입학 때도 '얼른 졸업해서 남들보다 곱절 더 아버지 도와드려라'라는 말을 많이 들었다. 대학을 가면 좋겠지만 3년간 떠나온 집을 생각하면 간단히 답을 낼 문제가 아니었다.

"선생님 저는..."
"됐다 마. 내가 집에 연락 넣어 놓을라니까 집 가서 부모님 설득하고 온 나. 그 때까지 니 수업 나올 거 없다. 어차피 시험도 끝나고 배울 거 다 배웠다 아이가?"
"선생님 감사합니다."

김성진 선생님께선 기쁜 마음으로 나를 보내주셨지만 집에 가는 설렘도 잠시였다. 눈앞이 캄캄했다. 점점 노쇠해 가시는 할아버지. 피부색이 까맣게 탄 아버지. 네 명의 동생들.

"아버지 저 왔어요."
"벌써 왔구나. 아직 방학은 좀 남았잖아."

밭에서 돌아오신 아버지의 얼굴에는 한 겨울에도 땀이 송골송골 맺혀 있었다.

"재풍이 왔구나. 잘 됐다 이거 입어 봐라."

밥을 하시던 어머니께서는 나를 반겨 주셨다. 안방에는 깨끗한 새 옷

한 벌과 그 옆에 두꺼운 외투가 한 벌 걸려있었다.

"아버지께서 네 졸업식에 입고 가시겠다고 새 옷 한 벌 사셨는데, 네 외투도 한 벌 샀다."

"에이, 이사람! 졸업 선물인데 벌써 이렇게 주면 애 버릇 나빠지잖아!"

입어 본 외투는 내게는 좀 큰 듯 했다. 누비옷이랑 잘 끼어 입으면 얼추 맞을 것도 같았다.

"감사합니다, 아버지. 방앗간에 인사하고 올게요."

"그래. 나랑 같이 가자. 나도 볼 일 있다."

아버지를 따라 집밖을 나섰지만 아버지께서는 고추밭쪽으로 방향을 잡으셨다.

"아버지, 밭에 가세요?"

"응. 내가 그 앞에 자전거를 두고 와서. 밭에 들렀다 가자."

"네, 아버지."

잠깐의 침묵이 흐르고 아버지께서는 걸음을 늦추셨다.

"재풍아."

"네"

"오늘 낮에 너희 담임한테서 기별 왔더라."

"담임선생님께서요?"

이미 알고 있었지만 애써 놀란 척을 했다.

"그래. 네놈 거기서도 공부 잘한다고. 상도 많이 받았다며?"
"열심히 했어요. 박 씨 아저씨가 잘 챙겨주셨어요."
"그래. 너는 어딜 가도 잘 할 게!"

쉽게 듣기 힘든 아버지의 칭찬이었다. 왠지 자신감이 생겼다.

"아버지, 선생님께서 그 말씀 뿐이셨어요?"
"아니 뭐 이 얘기 저 얘기했지…"

한 동안 말씀이 없으셨다. 어느새 아버지는 나보다 한 발짝 앞서 나가
계셨다.

"재풍아…"
"네 아버지?"

아버지께서는 긴 한숨을 쉬시고 내게 말씀하셨다.

"공부하느라 수고했다."

눈물이 왈칵 났다. 다행이 아버지께서는 뒤돌아보지 않으시고 계속 걸

어가셨다.

　더 이상 아무 말도 할 수 없었다. 그렇게 한참을 걸어가니 농막 앞에 세워놓은 아버지의 자전거가 보였다.

　아버지께서는 자전거를 끌고 밭을 나오셨다.

"뒤에 타라!"
"아니에요. 아버지 힘드시잖아요."
"이 녀석아, 박가네서 밥 잘 줬나 확인하려고 그러는 거여!"

　짐받이에 앉아 아버지께서 앉아계신 자전거 안장 밑을 잡았다. 오랜만에 타는 아버지의 자전거라 조금은 어색했다.

"덜컹!"

　자전거가 돌부리에 걸려 다행히 넘어지진 않았지만 가슴이 철렁 내려앉았다.

"조심하세요. 아버지."

　어느새 내 손은 아버지의 허리춤을 꽉 잡고 있었다.

"재풍아..."
"네 아버지?"
"미안하다."

울컥하는 맘에 얼굴을 등에 바짝 붙여 아버지 등허리를 적셨다.

"아니에요, 아버지. 공부라면 이제 이골이 날 지경이에요."
"아니야. 니 맘 다 알아. 화나고 억울하면 아버지 원망해도 괜찮다."

화가 났다. 없는 형편에 다른 집에 신세까지 저가며 중학교에 보내주신 아버지. 농사일이고 집안일이고 혼자 다 하시면서도 학비고 생활비고 꼬박꼬박 보내주시던 아버지. 남의 집에서 기죽지 말라고 늘 박씨 아저씨네 쌀을 몇 부대씩 보내주시던 아버지. 그 아버지께서 내게 미안할 게 뭐가 있단 말인가...

아버지께서 이런 생각을 하게 만든 내가 죄인이고 나쁜 놈이었다. 잠시나마 대학이라는 달콤한 꿈에 젖어 가족들을 잊어버린 내가 너무 한심했다. 소리 없이 흐느끼며 달리던 자전거는 곧 집 앞에 멈춰 섰다.

"재풍아, 방앗간에 혼자 다녀올 수 있지?"
"네, 그럼요."
"그려, 나는 집에 가서 좀 씻어야겠다."

방앗간에 가보니 상안이 할아버지께서 계셨다. 지난번 병문안 갔을 때와는 달리 많이 건강을 회복하신 모습이셨다.

"할아버지, 몸은 좀 괜찮으세요?"
"그럼. 재풍이 왔구나? 그 때 병원 근처에서 하숙한다고 자주 찾아오더니 그 새 졸업한 거야?"

"네, 곧 있으면 졸업해요. 이제 집에서 살려구요."

"그래, 남의 집에서 고생 많았다. 이제 남보다 더 배운 만큼 아버지 더 잘 도와드리고 효도해야 헌다. 그럴 수 있겠지?"

"그럼요. 밖에 있는 동안 집 생각 동네 생각 나서 혼났어요."

오랜만에 혼자 걷는 동네는 3년 전 모습 그대로였다. 한 걸음, 한 걸음 내딛을 때마다 한겨울의 냉기가 가슴을 찌르는 듯 했다. 늘 그립던 동네였지만 이렇게 서둘러 돌아올 생각을 하니 아쉽고 눈물이 났다. 집주변을 한참 맴돌다 집으로 돌아와 보니 아버지께서는 계시지 않으셨다. 평소 술을 드시지 않으시던 아버지께서는 그날 밤이 늦도록 동네 아저씨들과 술을 드시고는 잔뜩 취해 들어오셨다고 한다.

사회에 첫발

×××

그렇게 우등상을 받으며 중학교를 졸업하고도 대학을 보낼 수 없는 여건이지만, 다행히 아버지께서는 나를 공고에 보내주셨다. '성동공업고등학교'. 중학교 때와는 달리 3년의 시간은 쏜살같이 흘러갔고, 졸업하자마자 나는 삼진상사에 취업할 수 있었다. 생각했던 것보다 산업현장은 참혹했다. 매일매일 작업공들은 몇 명씩 사고로 다쳤고, 나는 그런 작업공들을 관리하고, 새로운 작업공들을 뽑는 일을 맡았다.

"사장님. 어제도 여공 두 명이 결근을 했습니다."
"요즘 애들은 재풍이 자네처럼 근성이 없어. 일하다보면 다칠 수도 있는 거지 뻑하면 그만두고 앉아있으니 어떻게 믿고 일을 시켜. 그니까 내가 누누이 조심하라고 말을 했건만 칠칠치 못한 것들 같으니. 쯧쯧쯧."

사장님께서는 나에겐 따뜻하시고 틈틈이 웃돈도 얹어서 월급을 챙겨 주시던 분이셨지만, 작업현장에 있는 사람들에게는 아니었다. 작업현장에 있던 작업공들은 동네에서 흔히 보던 아버지 같은 농부들과 크게 다르지 않았다. 다만 지방 출신들이 좀 많고, 가족들 없이 혼자 사는 사람들도 더러 있었다는 점만 빼면 모두가 다 한 식구처럼 일하는 사람들이

×××

었다. 그런 작업공들의 결근이나 태만을 보고하면 나보다 열 살씩 많은 아저씨들도 하루아침에 직장을 잃었다. 전날의 부상이나 개인적인 사정들은 전혀 고려되지 않았다. 많지 않은 월급이었지만 밥값을 하려면 사람들에게 미안해도 어쩔 수 없었다. 하루하루가 곤욕이었다.

"아버지, 저 더 이상 회사 나가고 싶지 않아요."
"왜? 대학 안 나왔다고 무슨 나쁜 대우라도 받는 거냐?"
"아니요, 힘든 건 없지만 사실 월급이 많은 것도 아니고, 하는 일도 도무지 제게 맞지 않아요. 차라리 아버지 옆에서 부지런히 일하겠어요."

아버지께서는 잠시 말씀이 없으셨다. 남들은 쌍수 들고 환영할 번듯한 사무직이건만 오래 견디지 못하고 그만두려는 내게 아버지께서 실망하실지 모른다는 생각도 들었다.

"그래, 똑똑한 놈이니 신중히 생각했겠지. 대신 네가 동사무소엘 좀 들어가야겠다."
"동사무소요? 공무원이 되란 말씀이세요?"
"그래. 요즘 명일동사무소 사람을 뽑는 다더구나. 힘들어 지은 농사 그놈들한테 밉보이면 본전도 못 찾는다는데 네가 거기 들어가 있으면 동네 사람들 얼마나 든든 하겠나? 한 번만 더 애비 소원 들어줄 수 있지?"
"열심히 한 번 해볼게요. 아버지."

동사무소에 들어가기는 생각보다 힘들지 않았다. 사무장도 전혀 모르는 사이는 아니었고, 성동공고를 졸업하고 서울에 있는 회사에 다닌다고 동네에선 나름 인정받고 있는 터라서 조금만 공부를 하니 어렵지 않게 명일동사무소에 들어 갈 수 있었다. 삼진상사와는 다르게 동사무소의 작업환경은 좋았다. 매일 정해진 시간에 밥도 먹을 수 있었고, 퇴근도 늦어지는 날이 드물었다. 무엇보다 동네에서 일을 하니 종종 아는 사람들도 만나고 자전거로 출퇴근하는 일도 어렵지 않았다. 드디어 직장다운 직장을 찾았다고 생각했다.

그렇게 5년을 일하니 이젠 새로 들어온 후배들도 있었고, 처음엔 복잡하고 난감했던 일들도 곧잘 해결해 나갔다. 다른 직원들에 비하면 턱없이 어린 나이었지만 사무장도 중요한 서류는 늘 내게 쓰라고 했다.

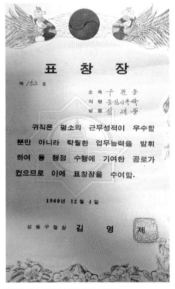

동사무소 근무시절 받은 표창

"고덕동 심가네가 장남하난 잘 뒀어. 보고서는 자고로 이렇게 알아보기 쉽게 만들어 줘야지. 글씨 하나하나 어린 게 아주 명필이야."

사무장님은 부하직원이라기보다는 이웃집 아이 칭찬하듯 종종 직원들 앞에서 나를 치켜세웠고, 어른들 사이에서 인정받는 게 여간 기분이 좋은 게 아니었다.

"심 주사, 여기 적혀진 곳 가서 동시무소에서 나왔다고 하고 주는 거 받아와."

하일동 603-2호. 사무실 벽에 크게 그려진 지도를 보니 사무장님이 적어준 주소는 종윤이네였다. 우리 논 바로 건너편에서 농사를 짓는 집이었는데 종윤이는 내 국민학교 후배였고, 아저씨는 아버지와는 늘 같이 새참을 드시며 이야기하시던 둘도 없는 친구 분이셨다. 친구 아들이 아니라 동사무소 직원으로 찾아뵐 생각을 하니 신이 났다. 자리 잡고 일하는 모습을 보시면 기특해 하실 것 같았다.

문이 열리고, 아주머니 모습이 보였다.

"안녕하세요? 아저씨 안 계십니까?"

"어머 재풍이로구나. 요즘 바쁘다더니 그새 많이 컸네. 아저씨 지금 논에 나가셨는데, 그리로 가보지? 그나저나 어쩐 일이니?"

"아 제가 동사무소에서 일하지 않습니까? 받아올게 있다고 말하면 아실 거라고 하시던데요?"

"아 그거... 그걸 네가 받으러 왔단 말이니?"

아주머니의 표정이 굳어지셨다.

"일단 잠깐만 기다려봐라."

곧 아주머니께서는 노란 봉투와 쌀 한 포대기, 고추 두 말을 챙겨 주셨다.

"아주머니, 이게 다 뭐에요?"

"가다가 흘리지 않게 조심해라."

"쿵"

인사도 드리기 전에 문은 닫혔다. 사무실로 돌아가니 사무장님께서 흐뭇한 표정으로 나를 반겨주었다.

"그래, 이제 너도 어른이 다 됐구나. 본격적으로 큰일 맡겨도 되겠어."

심부름 한 번 했을 뿐인데 과분한 칭찬에 갸우뚱했다. 웬일인지 그날은 사무장님께서 머릿고기와 막걸리를 한 사발 사주셨다. '글씨를 잘 쓴다.', '일도 잘하고 예절도 바르고 부지런하다.' 온갖 칭찬을 하시며 흠뻑 취한 사무장님을 집에 모셔다드리고 느지막하게 집으로 들어왔다.

"다녀왔습니다."

거실엔 어머니께서 마룻바닥을 닦고 계셨다. 술에 취해 벌겋게 올라온 얼굴을 보시고는 눈이 휘둥그레지셨다.

"재풍아, 너 술 마셨니? 하지도 못하는 술을... 방에 들어 가봐라 아버지께서 기다리신다."
"네, 어머니."

안방에 가보니 아버지께서 이불도 깔지 않으시고 기다리고 계셨다.

"아버지, 아직 자리도 안 보시고 어쩐 일이세요?"

"니 여기 앉아봐라."

아무 말 없이 휘청거리며 자리에 앉았다.

"오늘 사무장님께서 저녁을 사주셔서 막걸리 한잔 했습니다. 용서하세요. 아버지."
"오늘 낮에 종윤이네 네가 촌지 받으러 갔다는 게 참말이냐?"
"촌지라뇨 아버지? 사무장님께서 받아올 게 있다고 보내셨는데 쌀하고 고추하고 받아왔어요."
"돈 봉투 얘긴 왜 빼냐 이놈아! 이 나이 먹고 똥인지 된장인지 구분도 못해 인석이!"
"죄송합니다. 아버지. 전 그냥 사무장이 시키는데로..."
"이놈아, 아무렴 네가 자발적으로 했겠니? 동사무소가 그런 곳인지 이 애비는 모를 것 같냐? 그러지 말라고 너 거기 보낸 거 아녀. 사무장이 시킨다고 하고, 그래서 받아온 돈으로 이 시간까지 놀고 먹다 왔다는 게냐?"
"아버지, 제가 정말 잘못했어요. 그런 일인 줄 정말 몰랐어요."
"아이고, 이 녀석아 동네사람들이 모이기만 하면 네 칭찬하고 농사짓는 집집마다 관아에 아는 사람 생겼다고 좋아하는데 그 일을 네가 하면 이 애비 맘이 찢어지지 이놈아!"

그날 아버지께 밤새도록 혼 줄이 났고, 뒤 늦게 잠을 청했지만 쉽게 잠이 오지 않았다. 오늘 내가 받아온 것들이 사무장 호주머니로 들어갈 촌지였다니. 동사무소에서는 우리 집에는 촌지를 강요하지 않았지만 동네사람들에게는 심심치 않게 이것저것 요구하는 게 많았다고 한다. 그때마다 시끄러워지는 게 귀찮아 조금씩 챙겨주던 사람들 때문에 반 강제적으로 촌지문화가 생겼고, 힘들어 하는 사람들이 많았다. 그나마 종윤이네처럼 동네에서 오랫동안 농사짓던 사람들이 완강히 거부하면 동사무소에서도 더는 말 못하고 물러가곤 했는데 종윤이네도 나에겐 차마 그러지 못했던 것이다. 괜스레 죄책감이 들었다. 사무장의 칭찬에 눈이 멀어 남도 아닌 집에 가서 돈을 뜯어 오다니. 너무 창피하고 미안했다.

뜬 눈으로 밤을 새우고 일찌감치 집을 나섰다. 매일 자전거를 타고 출근하던 길이었지만 오늘만큼은 걸어서 출근했다. 숙취가 남아 아침도 먹는 둥 마는 둥하고 동사무소에 들어갔다. 사무장은 술이 덜 깼는지 점심 즈음에 느지막하게 출근하여 아침부터 나를 찾았다.

"심재풍! 내 방으로 들어와!"

뭔가 잔뜩 화가 난 목소리였다.

"찾으셨어요. 사무장님?"
"많이 놀랐나? 보는 눈이 많이 그런 거니 편하게 앉게."

영문도 모른 채 의자에 앉아 탁자에 놓인 물을 한 모금 마셨다.

"어제 잘 들어갔나? 집사람이 그러던데 자네가 나 데려다 줬다면서. 고맙네."
"아닙니다. 덕분에 어제 잘 먹었습니다."
"그래. 이게 다 자네가 잘해서 그러는 거야. 그리고 어제 일은 우리 비밀로 함세."

"어떤 일 말씀이십니까?"

"그냥, 뭐 같이 술 먹은 거나, 낮에 있었던 일이나 다 말이지. 무슨 말인지 알지?"

무슨 말인지 대번에 알아들을 수 있었다. 사실 사무장에게 다짜고짜 따지고도 싶었지만 아버지보다 나이가 많은 어른에게 함부로 대들 순 없었다. 할 수 없이 고개를 끄덕이고 자리에서 일어났다.

"역시 젊은 사람이라 이해가 빨라. 그리고 여기 이만큼은 자네 몫이네."

사무장은 흰 봉투를 내밀었다. 보나마나 내가 어제 종윤이네서 받아온 노란봉투에서 몇 장 꺼낸 것 같았다.

"아이고, 사무장님, 저는 이 돈 못 받습니다."

"아니, 내가 자네한테 미안하고 고마워서 성의 표시하는 거니까 부담스럽게 생각하지 말고 받게."

손을 내저으며 거절했다. 마음 같아선 받아서 당장이라도 밭으로 뛰어가 아저씨께 돌려드리고 싶었지만 어제 받아간 거에 비하면 얼마 안 되는 돈일게 뻔했다.

"젊은 나이에 열심히 일하는 자네가 내 아들 같아서 주는 거야. 옆집 아저씨가 용돈 준다 생각하고 어여 받게."

"어제 돈 받아온 곳도 옆집 아저씨 댁이었습니다."

　나도 모르게 튀어나온 말이었다. 사무장님 표정이 일그러지고 잠깐의 침묵이 흘렀다.
　허벅지가 바르르 떨리고 척추를 타고 식은땀이 한줄 흘러내렸다. 사무장님께서는 애써 웃음을 다시 지으시며 다시 한 번 말씀하셨다.

"그래, 이해하네. 나도 자네처럼 순진하던 때가 있었지. 그렇지만 나 같이 가족도 있고 한 사람이 사무장 박봉으로 어떻게 처자식 끼니 안 굶길 수 있겠나. 내가 자네 만할 땐 농사지으면 반 넘게 일본 순사 놈들 뱃속으로 들어갔어."

　울화가 치밀었다. 앞에 계신 분이 사무장이라 생각하니, 죄송하다고 사과를 드려야 하나 하는 생각도 들었지만 어차피 내 던진 말이니 한번 버텨보자는 오기가 들었다.

"종윤이 아저씨도 딸 둘에 아들 하나 있고, 할아버지 할머니까지 모시고 십니다. 저희 집도 딸린 식구만 아홉이고요. 그래도 다들 뙤약볕에 밭 갈고 논 갈아서 자식들 공부시키고 생활비하고 하는 거잖아요. 그렇게 사정 뻔히 아는 사람들한테 가서 뜯어온 돈 제가 어떻게 받습니까?"
"자네 말이 심하구만. 내가 무슨 도둑질이라도 해왔다는 거야? 받은 만큼 동사무소에서도 사람들 많이 도와주잖아. 일손 딸릴 때는 사람들도 보내주고, 장마철엔 물난리 막아주고 말이야. 서로 돕고 사는 거지 안 그런가?"

사무장의 언성이 높아지고 밖에 있던 직원들도 무슨 일인가 기웃기웃거렸다. 처음 듣는 사무장의 고함소리라 압도되기도 했지만 차분히 생각을 정리하니 자신감이 생겼다.

"그러라고 나라에 세금내고, 동사무소 만든 거 아닙니까? 사무장님. 저흰 대대로 여기서 삽니다. 농번기 땐 다 서로 돕고 삼촌, 조카 하면서 자란 사람들인데 앞으로 동네 사람들 얼굴 어찌 보라고 이러십니까? 제 사정도 봐 주셔야지 않겠습니까?"

사무장은 잠시 말문이 막혔는지 크게 한숨을 내어쉬고는 다시 부드러운 어조로 말씀하셨다.

"그래, 자네의 그런 곧은 성품을 내가 높게 사는 거지. 내가 자네 사정 안 봐주는 게 아니야. 내 자네가 기특해서 심 씨 집들은 건드리지도 않는다고. 그런데 어떡하겠나? 어른들 사는 세상이 다 그런 것을. 이러면서 자네도 크는 거지."

더 이상 말이 나오지 않았다. 어른들 사는 세상. 당당하게 사표를 던지고 나온 삼진상사 사장의 얼굴이 떠올랐고 나를 바라보는 사무장의 얼굴과 겹쳐 보였다. 그 때의 작업공들은 차라리 모르는 사람이었지만 여기서는 같이 뛰놀던 동네 사람들을 좀먹고 살아야하나 하는 생각이 들었다.

"자네, 동네 사람들이 정 눈에 밟힌다면 내가 다른 동으로 전근 보내 주겠네. 그치만 동사무소 직원들을 보게. 저 사람들이라고 이 일이 좋아서

하겠나? 자넨 그나마 젊기라도 하지. 저 사람들은 어디 가서 일자리도
못 구한다네."

"아닙니다. 사무장님. 집에 가서 생각 좀 해보겠습니다."

더 이상은 사무장의 얼굴을 보기 힘들었다. 물론 내가 오랫동안 농가
들 사이에 자리 잡은 촌지문화를 없앨 수는 없었다. 회사에서든 동네에
서든 힘의 논리가 있는 곳은 어디서나 비슷한 형태들은 계속 될 것이다.

그렇지만 내가 동네사람들과 함께 고생할 순 있어도 그들과 등을 지고
살 자신은 없었다. 사무장 말대로 아직 젊은 내가 논밭에서 땀 흘려 뒹구
는 한이 있어도 더 이상 이 일을 할 자신은 없었다. 그렇게 이번에는 아
버지와의 상의도 없이 동사무소를 그만두게 되었다. 사무장에게는 정중
하게 사표를 내고, 뒤도 보지 않고 나왔지만 일하기엔 참 좋은 직장이었
다. 아버지께서도 내게 직장에 대해 더는 묻지 않으셨다. 매일 아침 같
이 논으로 나갈 때마다 '할만 허냐?'하고 물으실 뿐이었다.

세상은 참 많이 바뀌고 있었다. 동네에 '농업협동조합'이라는 것이 생
겨 농민들끼리 모여 종종 회의도 하고 술판도 벌이며 함께 지냈다. 농번
기 때는 농협에서 나온 사람들이 추수를 도와주었고 몇몇 농가들이 모여
먹고 남은 작물들을 같이 내다 팔기도 했다.

동네에 철거민들의 집단 이주가 시작됐다. 한가했던 변두리 농촌에 갑
자기 많은 이주민들이 물밀듯이 이주되어 동네 전체가 어려운 환경이 되
고 말았다.

그렇지만 사람들이 돈을 모아 마을금고를 만들었고 싼 이자로 돈을 빌
려주어 보릿고개를 앓는 사람들도 이제는 사라졌다. 아버지께서는 농협
이나 마을금고 일이라면 두 팔을 걷어붙이고 나서셨다.

"옛날엔 사농공상이니 뭐니 했지만, 지금은 제일 악한 게 농민이야. 죽으나 사나 우리끼리 뭉치지 못하면 죽도 밥도 안 되는 거야."

농협에서 하는 일은 생각보다 많았다. 처음엔 농사와 관련된 일만 맡았는데 곧 여기저기에다 상점도 열고 농민들뿐 아니라 시장 상인들의 애로사항도 많이 들어주었다. 2년, 3년 시간이 흘러갈수록 농협 일엔 아버지보단 내가 많이 나서게 되었는데 조합원이 되고나니 조합의 운영에도 참여하게 되었다. 동사무소 직원이 아니어도, 지역에서 할 일은 참으로 많았고, 당시에는 온 나라가 새마을 사업으로 촌에도 생기가 넘칠 때였다. 그렇게 변해가는 세상 속에서 동네도 많이 변해갔고, 동네를 떠나는 사람과 새로 이사 오는 사람들도 눈에 띄게 많아졌다.

동장, 그리고 가장

×××

이십대 초반 집사람 옥자와 결혼도 했고, 군복무 중 첫째아들 기보와 딸 경화의 아버지가 되었다. 철없던 시절 층층시하 시댁에서 남편은 군 복무를 하고, 농사일, 집안의 대소사를 챙기는 집사람에게 송구했던 시 절이었다. 힘들지는 않았지만 매년 반복되는 주기에 따분한 생각이 들었 다. 매일매일 농사일을 하시며 평생을 사시는 아버지가 존경스러워졌다. 무엇보다 농지는 계속 늘려야만 많은 가족이 먹고 사는데 농사를 지을 사람은 점점 줄어들어 놀리는 땅이 생기고, 수익은 계속 줄어드는데, 생 활비는 늘어나는 악 순환이 생겨났다.

"자네, 동장 한번 해볼 생각 없나?"

동사무소 시절 같이 일하던 김 계장님이셨다. 내가 동사무소를 그만두 고 나서 얼마 지나지 않아 동장이 되셔서 일하시다 얼마 전에 정년퇴임 을 하셨다고 한다.

"아이고 참. 동장님도. 제가 왜 동사무소 그만 두었는지 기억 안 나십니 까? 저는 못해요."

"이 사람. 세상이 얼마나 변했는데? 요즘 동장, 사무장이랍시고 그렇게 굴면 죄다 모가지 날아간다고. 할 일은 많아졌는데 예전처럼 재미 보는 건, 물 건너 간 얘기야."

사실 국가 주도로 농협이 생겨나고 마을금고까지 있으니 농가들이 구청이나 동사무소에 의지해야 할 것들은 많이 줄어들었고, 공무원들의 횡포도 많이 없어진 건 사실이었다. 그렇지만 아무리 동장이라고 해도 경력이라곤 잠시 몸담았던 동사무소 말단 자리 몇 년과 농협조합원, 새마을지도자 뿐인 내가 갑자기 맡을 수 있는 일은 아니었다.

"지금껏 아버지 땅에서 농사만 짓고 살았는데 누가 동장으로 써주겠습니까?"
"모르는 소리. 그래도 지난 몇 년 동안 농협일 하면서 자네가 동네 위해 얼마나 애썼나? 그리고 요즘 군인 하다 좌천된 양반들이 동장까지 해먹는 세상인데 그것보단 자네가 훨씬 낫지. 이 동네 일에 자네만큼 빠삭한 이도 드물다고. 이번에 하일동 동사무소 새로 생기면 어차피 구민들 중에 동장하나 새로 뽑아야 하는데 자네라고 못하리란 법 있나?"

사실 동사무소에 처음 들어갈 때는 내가 언젠간 동장이 되겠지 하는 기대가 컸다. 공부하느라 동네를 떠나 있었던 시간도 있었지만 그 외엔 줄곧 이 동네에서 살아왔고, 아버지 할아버지가 평생 사셨던 동네를 위해 일하는 건 어쩌면 당연한 일이었다.

"동장님, 그거 뽑는 기준이 뭐랍니까?"
"답답한 사람. 국회의원도 대통령이 임명하는 시대에 기준이랄 게 뭐가 있겠나? 누가 밀어주느냐. 그게 제일 중요한 거지."

"그렇게 말씀하시면 더 힘든 거 아닙니까?"

"에이고. 내가 괜히 이런 말 하겠나? 지금 하일동 문 회장님께서 자넬 적극적으로 추천하고 계신다고. 자네가 여지껏 헛 산건 아닌 게지. 사실 가족일도 모자라서 집집마다 일에 발 뻗고 나서던 자네 모르는 이가 여기 누가 있다고. 그 점을 높이 사신거지. 돈 많고 쟁쟁한 사람들도 여럿 있었는데 문 회장님 한마디에 다들 입을 닫았다더군. 자네 의지만 있으면 되는 거네."

아버지와 비슷한 연배의 문 회장님과는 자주 보는 사이는 아니었지만 농협 일을 하면서 오며 가며 종종 찾아뵙곤 했다. 농가들 사이에서는 그래도 가장 힘이 있던 분이셨는데, 그 분 덕에 나는 내 발로 박차고 나온 동사무소에 다시 들어갈 수 있었다.

고덕2동 동장 시절

동장일은 생각보다 힘들었다. 사무실에 앉아서 업무만 보던 직원들과는 달리 행사가 열리는 곳곳마다 다니며 인사도 해야 하고 때로는 욕지거리를 들어먹으며 동네사람들의 불만을 들어야만 했다. 동네 사람들은 이제 일만 생기면 날 찾았고 도저히 안 되겠다 싶어서 스쿠터를 하나 장만했다. 큰돈은 아니었지만 안 쓰던 기름 값이 나가니 아내 눈치도 많이 보였다.

사람들은 흉작이 들어도 나를 찾았고, 홍수가 나도 내게 해결을 요구했다. 그렇지만 내가 할 수 있는 일이라곤 흉작이 나면 같이 힘들어하고 홍수가 나면 한철 내내 기보와 경화에게 고구마만 먹이며 동네사람들과 함께 버티는 일 뿐이었다. 사람들은 우리 집 드나들기를 좋은 시절 관아 드나들듯 했고, 올 때마다 이야기를 한보따리씩 가져왔다. 그렇게 하일동장에서 상일동장, 고덕1동장, 다시 고덕2동장을 전전하던 나는 20년간 사또라 불리며 '스쿠터 동장' 생활을 했다. 하일동장으로 근무할 때는 녹지보전과 원주민들의 조상묘 이주대책 때문에 중앙정부인 토지개발공사와 알력다툼도 있었다. 때문에 중앙정부로부터 미운털이 박혀 내 주변 비리를 캐내기 위해 한 동안 나는 동부지검에 잡혀가 고초를 겪기도 했지만 조사 후 혐의점이 없다하여 풀려나기도 하였다.

때때로 길거리에서 담배를 피우는 중고등학생들에게 혼꾸녕도 내고 술 취해 한 밤중 고성방가를 하는 주민들과 실랑이를 벌이면서 다치기도 했지만 행복하고 보람 있는 나날들이었다.

××××

기보, 경화, 미옥, 영보

×××

농사짓던 시절에 셋째 딸 미옥이와 막내 영보도 태어났다. 네 형제는 크게 싸우는 일 없이 자랐고, 첫째 기보는 영특하게 자랐다. 기보는 언변과 필력에 탁월한 재능을 보였는데 3학년 백일장 때 짧은 시를 지어 문필지에 실리기도 했다.

동그라미

앉으면
반지름이요

누우면
지름이라.

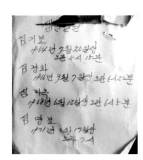
자녀들 생년월일을 적어 놓은 메모

짧은 시였지만 국민학생답지 않은 생각과 여유가 묻어나 있었다. 구천국민학교를 졸업한 기보는 동신중학교에서도 우수한 성적으로 표창도 여러 번 받았는데, 고등학교는 내가 나온 성동공고에 진학하고 싶어 했다.

×××
123

"조금 더 공부해서 대학도 가야지 이제 집안 형편이 나쁜 것도 아닌데 그러나?"

내심 기보가 대학의 한을 풀어줬으면 좋겠다는 생각도 했다.

"아버지, 앞으론 글쟁이보다 기술자가 대접받는데요. 대통령도 전문화 고등학교를 적극적으로 지지해주신다고 했고요."

나에겐 어쩔 수 없는 선택이었지만, 내가 그랬듯이 이 아이도 집안 형편을 스스로 이것저것 따져보고 내린 결정이라 대견했다. 당시 나는 농삿일, 마을일 등으로 무리하여, 늑막염을 깊이 앓고 있던 시기여서 아들의 진로고민에 대해 자신있게 권할 형편이 되지는 못 했다. 지금도 아쉬움이 많이 남는다. 나의 아버지처럼...

"그래, 그런데 공고가면 확실히 중학교 때랑 분위기는 많이 다를 거다. 배우는 것도 다르고."
"잘 생각했다. 이제 자동차 타는 사람들도 점점 늘어나고, 집안에 기계 한 두 개씩은 장만하는데 잘만하면 대학가는 것보다 훨씬 낫지."

아버지께서도 기보를 지지해주셨다. 그렇게 기보는 내 고등학교 후배가 되었고, 3년 동안 열심히 공부해서 대학에도 들어갔다. 대학에서도 운동권에 잠시 몸담은 적은 있었지만 학업에 지장이 갈 정도로 하지는 않아 군대를 다녀오고 나서 졸업 후엔 무난히 무역회사에 취업도 했다. 매일 아침 양복을 입고 출근하는 기보의 모습은 삼진상사에 입사했던 내 모습과 제법 비슷했다. 입사 후엔 같은 대학을 나온 성화와 결혼도 했고 곧 손자 규덕이도 태어났다. 규덕이는 한 번의 유산 후에 낳은 장손이라 온 가족의 사랑을 독차지했다.

날 닮아 술도 마시지 않는 기보는 입사 후 몇 년차가 되자 늘 늦은 밤이 되어서야 집에 돌아오곤 했다.

"일이 많은 게냐? 요즘 들어 퇴근이 늦어지는구나."
"아버지, 드릴 말씀이 있어요."
"무슨 말인데 뜸을 들이냐? 어서 말해 봐라."
"저 사표를 내려고요."

몸에 소름이 돋으며 오래전 일이 생각났다. 한 번도 후회한 적은 없었지만 기보마저 나와 같은 길을 걷게 될 것만 같아 무서워졌다.

"젊은 놈이 진득하게 있지 못하고 뭘 얼마나 했다고 그만둬. 좋은 직장을?"
"저 카센터를 해보고 싶어요?"
"이 놈아, 차 밑에 기어들어가 돈벌어오라고 내가 니 대학 보냈든? 번듯한 회사 놔두고 왜 기름 냄새 묻혀가며 일하려고 하냐?"

온 몸과 얼굴에 기름 반, 녹 묻은 것 반, 시커매져서 나오는 정비공. 삼진상사의 작업공들 생각이 났다. 다른 건 몰라도 매일매일 기름 냄새 풍기며 집에 들어올 기보를 생각하니 절대 허락할 수 없었다.

"쓸 데 없는 소리 하지 말고 직장생활이나 똑바로 해!"

× × ×

기보는 내 말에 더 이상 토를 달지 않고 방으로 올라갔다. 그리고는 주말 내내 잠깐 나와 화장실에 갈 뿐 방에서 나오지 않았다. 그렇지만 내게 큰 소리로 혼나던 걸 온 가족이 본 탓에 아무도 기보를 찾지 않았다. 맏며느리 성화만이 틈틈이 먹을 걸 사식 넣듯 할 뿐이었다.

하루 이틀에서 그칠 줄 알았는데 며칠째가 되니 걱정이 되기 시작했다. 날 닮았다면 기보도 회사 생활에 회의를 느끼는 게 어쩌면 당연한 일일 텐데 내가 너무 호되게 야단을 쳤나 하는 생각이 들었다. 동사무소 일에도 통 집중이 되지 않아 오늘은 조금 일찍 퇴근했다. 모두 밭일을 나가 집엔 아무도 없었다. 혹시나 해서 기보 방에 들어가 봤는데 역시 출근하고 없었다. 책상 위에 두꺼운 종이 뭉치와 뭉뚝해진 몽땅연필이 몇 자루 있을 뿐이었다.

'事業計劃書'

수십 장이 넘는 분량이었다. 웃음이 피식 났다. 연필로 꾹꾹 눌러가며 쓴 사업계획서는 지난 며칠간 방에 틀어 박혀있었던 기보의 행동을 설명해주었다. 계획서를 읽다보니 기보는 한두 달 생각하고 내게 말을 꺼낸 게 아니었다. 집에 차라곤 스쿠터 한 대뿐이었지만 군대에서 운전병으로 복무한 기보는 차에 관심이 많았다. 그동안 기보는 회사 일을 마치면 군대에서 배워온 정비기술을 바탕으로 서대문에 있는 대형 공업사에 가서 세차나 잔심부름 같은 온갖 허드렛일들을 무상으로 하며 조금씩 노하우를 익혔다고 한다. 현재 자동차 시장의 상황과 서울 변두리의 부동산 시세, 향후 확장 계획 등이 일목요연하게 적혀있었다. 평생 동네에서만 살아온 내가 모르는 것들에 대해서도 차근차근 설명이 되어있었고, 같이 일할 사람과 카센터 부지도 섭외가 된 상황이었다.

그날 밤 기보는 내게 사업계획서를 가지고 왔고, 아버지께 부탁을 하는 아들이라기보다는 투자를 유치하려 자본가를 찾아다니는 사업가처럼 내게 계획을 늘어놓았다. 더는 막을 수 없었지만 너무 일찍 시작하는 사업이라 자칫 큰 상처를 입고 돌아오지는 않을까 걱정도 많이 되었다. 그렇지만 그 동안 무역회사 월급을 모은 것과 내가 보태준 몇 푼의 돈으로 거여동에 차린 기보의 '오토서비스'는 성공적인 출발을 했고, 10년 동안 기보가 사장으로 있었던 내 장남 기보의 일터였다.

나무 오르기

××××

아들의 독립과 손자까지 보고 나니 어느덧 내 나이도 쉰을 넘어 정년이 되었다. 이제 좀 쉬고 싶다는 생각도 들었지만 남은 인생을 뭘 하고 살아야 할지도 새로운 숙제였다. 아버지처럼 농사를 지으며 살 생각도 들었지만, 도시개발이 한참 진행되고 있어서 농지가 언제까지 남아있을지도 확실치 않았다. 그렇다고 이제 갓 자리 잡기 시작한 아들에게 의지해서 살아갈 수도 없는 노릇이었다.

"심 사또 있는가?"

나와 같은 시기에 동장생활을 시작해서 20년간 서로 동장자리를 번갈아 바꾸던 암사동 양 동장이 왔다. 양 동장도 내년에 은퇴를 앞두고 있어 요즘 들어 우리 집에 왕래가 잦았다.

"이 사람아 사또라고 하지 말라고 하지 않았나? 그래 요즘은 별일 없었나?"
"뭐 별일 있겠나? 끗발 다 됐다고 직원들도 지들끼리 알아서 일들 하는데 느지막하게 출근해서 손님들과 신선놀음 하다보면 밥 먹고, 퇴근해서 막걸리 한잔 하고 아주 상팔자가 따로 없네."

××××

128

사실 정부에서 지자체에 점점 힘을 실어주는 터라 구청에서 구민들의 세세한 민원까지도 수렴해주어 동사무소에서 하는 일은 등본이나 호적, 각종 서류 떼어주는 게 고작이 되어버렸다.

"뭐 세상이 자꾸 변해가는 걸 어쩌겠나? 이제 우린 평생 쉴 텐데 쉬는 거에도 익숙해져야지."

양 동장도 내 말에 웃으며 고개를 끄덕였지만, 씁쓸한 심정을 감출 수는 없었다.

"자네 정말 정년 후에 아무 계획이 없는 거야? 자네야 내려갈 고향도 없고, 장사체질도 아닐 텐데 남은 평생 놀고먹을 순 없지 않나?"
"뭐 이제 나도 농사나 짓고 살아야지 별 수 있겠나? 쉬엄쉬엄 밭에서 일하다 저녁엔 자네랑 바둑이나 두고 손주놈들 크는 거 보며 사는 거지."
"이 사람, 손자 손녀 보더니 할아버지가 다 됐구먼. 정말 사네 이번에 출마 안 할 텐가?"
"출마라니?"
"자네 진짜 생각이 없는 건가 아님 간을 보는 건가? 지금 동장출신들 하나 둘씩 내년에 구의원 나가겠다고 입버릇처럼 말하고 다니는데 손주 보느라 뉴스도 안보고사나?"

양 동장은 내년에 실시하는 제2회 지자체선거를 말하는 거였다. 사실 처음에 뉴스에서 지방자치의원들까지 선거로 뽑겠다는 말이 나올 땐 솔 깃하기도 했지만, 정치엔 일가견이 없는 터라 일치감치 다른 세상 이야기 듣듯 했다. 지난 세월 선거란 게 크게 의미를 가진 적이 있었던가. 다 정해놓고 하는 선거 그 때마다 모양만 조금씩 바뀌고 투표소가서 새 용지에 도장 몇 번 찍으면 그만이었다.

그런데다 처음엔 나무에 오르게끔 도와주다가 올라가고 나면 흔들어 떨어뜨리는 게 정치판이라고들 하지 않았나.

"사실 말이 동장이지 농촌 이장이나 다름없는 우리가 구의원을 할 수 있나? 사실 선거란 게 그렇지 않나. 될 사람이 되고, 해 먹는 놈이 다 해먹지 나처럼 느지막하게 끼어들다 피만 보던 사람들이 어디 한둘이었나?"
"그러니까 하는 말이지 이 사람아. 동네 정치인 뽑는 건 이번이 처음 아닌가? 사실 이 동네 집집마다 모르는 사람 하나 없고 오랫동안 사람들이랑 부대끼며 일한 자네만큼 적합한 인물도 드물지."

양동장의 말에도 일리가 있었다. 전례가 없는 선거. 누가 나올지 어떤 사람들이 주로 당선되는지 전혀 정해져있지 않았다. 게다가 선거구가 크지 않아 잘만하면 동네 사람들 표를 충분히 확보할 수 있을 것 같았다. 양동장 말대로 동네일이라면 제법 빠삭한 내게 나쁘지 않은 제안이었다.

"자네 말 들으니 한번 생각해볼만 하겠네. 창피하게 늙은이 귀가 빽 하면 솔깃솔깃 해서 아주 팔랑이네."
"창피할 게 또 뭔가. 엉뚱한 놈들이 동네 주민 대표하겠다고 나서게 두는 것 보다야 백번 낫지."

양동장이 돌아가고 한 동안 생각에 잠겼다. 구의원이란 일은 의미도 있고 조금만 배우면 잘할 자신도 있었지만, 선거라는 건 너무 생소했다. 얼마의 돈이 들어가는지 또 어떤 사람들과 함께 일 해야 하는지 무슨 말들을 해야 사람들이 좋아하는지 도무지 아는 바가 없었다. 고기도 먹어 본 놈이 먹는다는 속담이 틀린 게 하나 없었다. 수화기를 들었다.

"기보니? 별일 없니?"

"네 아버지. 진지 잡수셨어요?"

"응 그래. 기보야 혹시 지자체선거에 대해 아는 바 있니?"

"내년에 실시하는 거 말씀이시죠? 그렇지 않아도 그 일로 주말에 아버지랑 얘기하려고 했거든요..."

짧은 전화였지만 기보는 내게 출마를 권유했다. 선거운동과 관련해서는 이미 알아 놓은 바가 있다고 공천 문제만 해결되면 충분히 가능성이 있다고 내게 설교하듯 말했다. 그런 아들이 있어 든든했다. 생각보다 큰 고민 없이 결심이 섰다.

출마의지가 생기자 동네 사람들은 잘한 생각이라며 내게 용기를 줬다. 처음엔 이대로라면 무난한 당선일거라 생각했지만 기보의 말대로 공천 문제가 남아 있었다. 선거가 본격적으로 시작될 기미가 보이자 생각보다 공천 경쟁은 더 치열해졌다. 전직 군인들이나 전문직 종사자들, 몇몇 재력가들이 앞 다투어 공천을 얻기 위해 발 빠르게 움직였다. 신한국당에서는 하일동엔 이미 여당 후보가 있으니 내게 공천을 줄 수 없다고 딱 잘라 거절했다. 오랫동안 살아온 동네에서 공천도 받지 못한다고 생각하니 자존심이 많이 상했다. 그렇지만 그보다 먼저 앞으로의 일들이 걱정되었다.

"내 지들끼리 해먹는 판인 줄 몰랐던 게 아닌데 괜히 욕심 부리다 이렇게 됐구나."

"아버지, 아닙니다. 아직 당에서 미처 지역 상황까지 다 파악하지 못해 그러는 거니까 결코 용기를 잃지 마세요."

기보의 말은 힘이 많이 되었지만 사실상 공천받기는 힘들어졌다. 그렇지만 지난 몇 달간 나만 바라보며 힘쓰던 가족들과 이웃 주민들을 생각하니 쉽게 포기할 수도 없었다.

또 한 번 용기를 내야했다.

"아버지, 공천은 악세서리일 뿐입니다. 구더기 무서워 장 안 담글 순 없는 일 아닙니까?"

기보의 말이 맞았다. 나를 뽑아주는 건 동네 사람들이지 당이 아니었다. 동네 사람들의 지지를 받고 있는 내가 당의 지지를 못 받는다고 물러나는 건 애시 당초에 모순이었다.

"그래, 어깨띠 색깔 없이 하면 어떠냐. 무소속으로 출마하련다."

무소속 출마를 결심하고 나니 오히려 마음이 편해졌다. 이제 누구 눈치를 볼 필요도 없고 아쉬운 소리 하지 않아도 된다는 생각이 들었다. 오히려 발등에 불이 떨어진 건 신한국당이었다. 일개 지자체 의원이야 누가되든지 여당의 사람이면 상관없었지만 선거에서 패배한다면 이야기는 달라지기 때문이다. 무소속 출마의 뜻을 밝히니 주민들의 지지는 오히려 더 올라갔다. 이번에는 신한국당에서 먼저 연락이 왔다.

"심 후보님. 초선부터 당에 등을 지시면 어떡합니까. 저희도 공천 내드리고 싶지만 지금 위에서 지명되어 내려온 사람이라 이제 와서 후보를 바꿀 순 없어요. 그렇다고 당도 없이 당선된다고 한들 혼자서 무슨 일을 할 수 있겠습니까?"

틀린 말은 아니었지만 당에서 상대편 후보에게 반 협박조로 말하는 것 같아 화가 치밀었다.

"아니, 공천을 못 받아 무소속으로 출마한다는 게 뭐가 어쨌단 거요? 출마를 포기라도 하란 거요?"
"그니까 우리도 공천을 하나 양보하겠으니까 심 후보님도 양보해서 서로 합의점을 찾자는 말이지요."
"아니 후보는 못 바꾸고 공천을 주겠다는 게 무슨 말입니까?"
"이번이 아니면 다음번도 있지 않습니까? 이번 한번만 양보를 하시지요. 그럼 틀림없이 다음번엔 공천을 드리겠습니다."

나쁘지 않은 제안이었다. 그렇지만 기분이 썩 유쾌하진 않았다. 애초에 고생할 것 각오하고 시작한 것인데 조금 편하자고 그 동안 보내준 동네 사람들의 성원을 뒤로하고 당과 거래를 할 순 없었다. 게다가 위에서 내정한 후보로 지자체 선거를 좌지우지 하려는 당의 태도가 괘씸하게 느껴졌다.

"정당과 등을 질 생각은 없습니다. 그렇지만 공천 없이도 이번 선거 출마하겠다는 생각엔 변함이 없어요. 당선이 되든 안되든 소신껏 일하기로 주민들과 약속했고, 그렇더라도 당과는 크게 엇나가지 않겠다는 약속 정도만 하겠습니다."

당에서도 더 이상의 압력은 없었지만 무소속으로 치르는 선거판은 생각보다 열악했다. 무소속으로 출마하긴 했지만 지지층은 상당부분 다른 후보들과 겹쳤다. 정작 지지율만 따지면 신한국당이 60%로 야당을 압도했지만 호남표로 똘똘 뭉친 야당의 단일 후보는 40%의 고정 지지율을 독차지하여 사실상 가장 유력한 후보였다. 더군다나 60%의 여당 지지율만 바라보는 후보가 셋씩이나 있었던 것이다. 게다가 내 기호는 3번. 지자체 선거에 익숙지 않은 부동층의 몰표도 기대하기 힘든 상황이었다. 그렇지만 이미 후보 등록을 마친 상황이라 더 이상 물러날 곳이 없었다. 이제 믿을 거라곤 튼튼한 두다리와 스쿠터, 그리고 아들 기보뿐이었다. 기보는 암사동시장에서 삼베옷으로 된 개량한복을 사와 농민의 느낌을 살려 선거운동을 했다. 기보가 구상한 '그가 왔다.' ' 강동의 지도를 바꿀 사람.' 등의 문구들은 사람들의 관심을 끌기에 충분했다. 아직 한글도 모르는 손자 규덕이가 옹알이 하듯 내뱉는 '기호 3번 심재풍!' 이란 말도 한 몫을 했다. 아버지부터 규덕이까지 4대가 함께 외치던 '기호 3번'의 구호는 가족선거라는 새로운 이미지를 사람들에게 심어주었다. 처음 치르는 선거라 낙관을 하기 힘들었지만 사람들의 반응은 갈수록 커져만 갔고 판세는 점점 유리하게 흘러가는 분위기였다. 상대 후보는 지지율이 좀처럼 오르지 않자 손자를 선거법 위반으로 고소하겠다는 협박을 했지만 헛웃음만 나올 뿐 이었다. 상대 후보들이 야비하게 나올수록 판세에 자신감과 확신이 생길 뿐이었다.

×××

고덕 1동장 퇴임식

　그렇게 좌충우돌 속에 절반이 넘는 지지율로 나는 승리할 수 있었다. 성내동에 있는 구의회로 새롭게 직장을 옮기게 되었다. 높은 지지율만큼이나 사람들은 내게 많은 기대를 했고, 동네에선 스쿠터로, 의회에 갈 땐 엑셀로 발 빠르게 움직였다. 구의원이란 직업은 정해진 일이 많지 않아 바쁘게 일을 하면 할수록 일이 쏟아져 나오는 화수분 같은 직장이었다.

　"심 의원님, 여기 신한국당입니다."

　다시 또 당에서 연락이 왔다. 선거를 치르면서 불편한 감정도 없진 않았지만 당선 후에 신한국당 의원들과 줄곧 교류 해온 터라 공천 때의 앙금은 많이 사그라졌다.

"네, 덕분에 일 잘 하고 있습니다."

"저 지역구 위원장인데 지난번엔 저희
가 좀 무례했습니다."

전화를 건 사람은 다름 아닌 이부영
의원이었다. 내년 총선에서도 무난한
재선을 바라보는 이부영 의원은 이번
지자체 선거를 책임졌는데 소신 있는

1995년 제1회 지방선거 강동구의원 당선

태도와 부드러운 카리스마로 여러 사람의 칭송을 받고 있었다.

"아니 선거를 치르다보면 피차 불편한 일도 있는 거지 괜찮습니다. 작은
일까지 신경써주셔서 감사합니다."

"다름이 아니라 선거는 따로 치렀지만 이제부턴 함께 하는 게 어떻겠습니
까?"

입당 제의였다. 무소속으로 당선되
고 줄곧 예상은 했지만 막상 듣고 나니
기분이 나쁘지 않았다. 어차피 혼자 활
동하기엔 쉽지 않은 의정생활이 될 텐
데 그 동안 교류하던 의원들과 목소리
를 모으는 것도 의미 있는 일이었다.

그렇게 여당 초선 의원으로 3년을 발
빠르게 움직이고 나니 어느덧 재선을

구의원 시절 이부영 의원과 찍은 사진

준비해야 했다. 그 사이 당 이름은 한나라당으로 바뀌고 기초 자치의원이 너무 많다는 목소리가 굵어져 내가 있었던 하일동은 고덕동과 지역구가 통합되었다.

고덕동도 내가 사는 곳이라 선거 자체는 자신 있었지만 기존 의원 두명 중 한 명은 포기해야하는 난감한 상황이 생긴 것이다.

이번의 선거 구호는 '두 몫의 일꾼'이었다. 선거구가 변화한 상황과 그동안 나름대로 여기저기 땀 흘리며 움직였던 이미지가 잘 결합된 짧지만 강렬할 문구였다. 이번에도 기보는 참모 역할을 똑똑히 해냈다. 고덕동 후보와 미묘한 신경전이 있었지만 한나라당에서는 '가'번을 내게 주었다. 선거에 게을리 임하진 않았지만 초선보다는 훨씬 무난하게 당선되었고, 의원들의 지지를 받아 구의회 의장에도 추대되었다.

그런데 의장이 되고 얼마 지나지 않아 기침하는 횟수도 많아졌고, 몸이 예전 같지 않았다. 처음엔 올해 들어 극심한 더위를 먹어 기력이 없는 거려니 생각했는데 여름휴가를 다녀오고 얼마 지나지 않아 나는 수술을 받아야 했다. 내 병명은 폐렴과 심근경색. 의사도 쉽게 장담하지 못하는 상황이었다. 아직 건재하신 아버지를 생각하니 면목이 없었다. 무엇보다 몸도 성치 않은 사람이 아픈 걸 숨기고 표를 얻어갔다는 오해를 살까 걱정이 되었다. 그렇게 수술대로 들어가고 한 달의 시간동안 구의회 의장석은 공석으로 있었고 가족들도 모두 쉬쉬하며 사태를 지켜보고 있었다.

깊은 잠을 한 숨 자고 깨어나니 많은 것들이 달라져있었다. 의사는 죽다 살아났으니 앞으로 식사도 조심하고 운동도 꾸준히 해야 한다고 했지만 구민들에게 나는 이미 죽일 놈이 되어 있었다. 전례 없는 폭우로 강동구 전체가 물바다가 되었지만 구청에서 미처 대비를 하지 못해 수재민들은 저마다 의지할 데를 찾았고 우리 집도 예외는 아니었다. 이런 상황 속에서 의장이 보이지 않으니 갈 곳을 잃은 주민들이 우리 집에 들어와 농성을 했다고 한다. 평소엔 웃으며 인사하고, 어려운 일이면 같이 해결해 나가던 동네 사람들이었지만 당장에 가족들과 갈 곳을 잃자 막무가내로 구는 이도 여럿 있었다. 소식을 듣고도 한 동안은 병원에서 나가지 못했다. 의사는 마음의 안정을 찾아야 한다고 했지만 매일 매일이 불안하고 팔에 수갑처럼 묶여있는 링거를 당장이라도 뽑아버리고 싶었다.

병석에서 일어나 의회로 달려갔을 때, 상황은 생각보다 심각했다. 저마다 쯧쯧거리며 혀만 찰 뿐 누구도 나서서 일을 해결하려들지 않았다. 구청장은 앞으로 자연재해에 대한 대비를 제대로 하겠다는 말만 할 뿐 실질적인 방안을 내놓지 못하고 여기저기 내빼는 행태를 보였다. 홍수 내내 코빼기도 못 비친 터라 처음엔 면목이 없어 입을 다물고 있었지만 정말이지 이건 아니다 싶었다. 급하게 의원회의를 소집하고 구청장과 면담의 시간도 가졌다.

고덕동 수재민 구호물품 전달

"바쁘신 줄 알지만 구민들 상황이 급해서 이렇게 청장님을 모셨습니다. 먼저 오랫동안 자리를 비워 상황에 대응하지 못한 점 의원들을 대표해서 사과드립니다. 오늘 의제는 재해 복구 방안과 수재민들 보상처리 문제입니다."

의원들끼리 있을 때야 마음 편히 내뱉고 알아서 걸러듣는 격식 없는 논의를 좋아하는 나였지만 오랫동안 고위 행정직에 있었던 구청장에게는 어울리지 않게 격식을 갖추어야 했다. 당장이라도 구청장의 생각을 허심탄회하게 묻고 싶었지만 참았다.

"일단, 지난여름 홍수 상황에 미처 대비하지 못한 건 제 책임이 큽니다. 앞으로는 사전에 자연재해에 대한 대비를 충분히 해서 이런 일이 없도록 하겠습니다."
"구청장님, 좀 더 현실적이고 구체적인 방안을 말씀해 주십시오. 하루빨리 해결해야 하는 문제가 아닙니까?"

30대의 젊은 이 의원의 속 시원한 발언이었다. 나와 같이 고생해서 당선된 구의원이었지만 늘 아들 같고 앞으로도 정치판에서 나아갈 길이 먼 젊은 유망주였다.

"일단 그 문제는 전문가들과 좀 더 상의를 거친 후에 말씀 드리겠습니다. 더군다나 이 문제는 강동구만의 문제가 아니기 때문에 서울시나 다른 지자체와도 충분히 협의를 거칠 사안입니다. 단독적으로 해결할 수 있는 문제가 아니에요."

답답할 노릇이었다. 상황이 크건 작건 힘들어 하는 건 우리 주민들이 아닌가. 이 상황에서 주민들이 누구보다 의지해야 할 사람 입에서 나온 말이라곤 믿을 수가 없었다.

"기다리는 동안 힘든 건 구민들이잖아요! 이거 빨리 해결해야죠!"

×××

"맞습니다. 일단 미봉책이라도 내놓아야 하는 건 아닙니까?"
"당장 살림살이도 다 잃은 수재민들에게 보상은 언제쯤 이루어집니까?"

이 의원을 필두로 의원들이 하나 둘씩 불만을 토로했다. 내가 없는 동안 하나 둘씩 쌓여온 답답함이 한 번에 폭발하는 듯 했다. 그렇지만 일단은 구청장의 대답이 가장 중요한 문제였다. 초선 때였다면 나도 의원들 틈에서 청장을 향해 야유를 퍼부으며 할 말을 했겠지만 일단은 회의를 진행해야 했다.

"자, 조용! 의원들 모두 조용히 하세요! 각자 답답한 마음들은 알지만 이럴 때일수록 차분하게 논의를 해야죠. 그러라고 주민들이 우리 뽑아준 거 아닙니까? 할 말 있는 의원은 발언권을 얻고 말씀하세요."

의장석에서 한 사람 한 사람 눈을 맞추니 갑자기 장내가 숙연해졌다. 추임새엔 능해도 창이나 아니리엔 망설여지는 건 구의원들뿐 아니라 한국인들의 오랜 습성이었다. 내가 먼저 나서야했다.

"청장님, 이건 결코 의원들만의 목소리가 아닐 겁니다. 당장 거리로 나가면 의회랑 구청을 욕하는 목소리도 더 이상 무시할 수 없습니다. 하루빨리 결단을 내리셔야 합니다."
"의원들의 뜻은 제가 잘 알겠습니다. 제가 잘 수렴해서 조만간 정책을 내놓겠습니다. 수고하셨습니다."

급하게 인사를 하고 구청장은 단상에서 내려와 회의장을 나섰다. 이

자리를 마련하려고 구청과 입씨름을 하며 굽힐대로 굽힌 의원들 자존심
은 고사하더라도 당장 집에 가면 1층에서 난민처럼 지내고 있는 사람들
을 생각하니 불화가 치밀었다.

"아무리 미꾸라지 같은 구청장이지만, 구민의 일에 이건 너무한 거 아
니오?"

어이없단 표정으로 구청장을 바라보던 의원들의 시선이 일제히 내게
로 왔고, 구청장도 잠시 멈춰서서 내 쪽을 한번 돌아보고는 회의장을 나
갔다. 창피했다. 의원들의 시선이 창피한 게 아니라. 나를 뽑아준 주민
들에게 아무런 도움이 되지 못해 얼굴이 무거워졌다.

곧 여기저기서 폭언에 사과하라는 목소리가 나왔다. 소식지 기자에게
내가 경솔했다는 말을 했지만 마음 같아선 더 심한 말도 내뱉고 싶었다.
죽음의 문턱까지 갔다가 다시 돌아온 정치판에 정나미가 떨어졌다. 한시
가 급한 상황에 나 몰라라 뒷짐 지고 선 구청장, 분노만 가득하고 좀처럼
용기를 내지 못하는 의원들 모두가 이미 그들만의 세상을 만들어 서로
적당히 헐뜯고 또 지켜주며 한줌도 안 되는 기득권만 지켜나갈 뿐이었
다. 아직 임기는 많이 남았지만 그 이상은 하고 싶지 않아졌다. 이젠 진
짜 노후를 준비해야겠다는 생각을 피할 수 없었다.

ep16

준비

××××

"아버지, 집 앞 밭에 주유소를 해보면 어떨까요?"

기보가 새로운 사업안을 제안해 왔다. 예전 같았으면 아버지 할아버지 가 피땀 흘려 모은 땅에 어림도 없는 이야기였지만 지난해부터 제한적으로 이용할 수 있는 가능성이 생겼다. 게다가 아버지께 우리 땅에 번듯한 건물이 들어서는 모습도 보여드리고 싶었다.

"조상님들이 모으신 땅인데, 자칫 잘못해서 땅만 다 뺏기고 빚더미에 앉 는 건 아닌지 모르겠다."
"아버지, 물론 실패하면 그럴 지도 모르죠. 그렇지만 지금부터 차근히 준비하면 저희라고 못할게 없습니다. 한 번 더 믿어주세요."

이미 카센터일로 저희 네 식구 밥벌이는 충분히 하는 아들이었다. 사 실 기보가 없었다면 오래전에 백수생활을 면치 못했을 나였다. 그리고 기보가 하는 일엔 믿음이 갔다. 자본이 많이 들어 처음엔 망설였지만 잘 되든 못되든 다 제 놈 몫이란 생각을 하고 흔쾌히 도전을 허락했다.

다음해에 아버지께서 돌아가셨다. 마지막까지 농사일은 도맡아서 하셨던 아버지를 생각하니 죄송하고 서글픈 생각이 많이 들었다. 아버님이 가장 마음 쓰시던 부분이 평생을 하루 같이 밟으시던 밭에 건물 하나 번듯하게 올리는 것이셨는데... 결국은 못 보시는 구나!

가시는 날 한 밤중에 영보를 깨워 '할아버지 이제 죽어.'라고 또렷한 말씀을 하고 가실만큼 건강하신 분이었는데 아들놈 구의회 의장되는 것도 보시고 곧 주유소 사장이 될 큰 손자와 그 아들 규덕이가 학교 들어가는 것까지 보셨으니 아쉬움은 있지만, 더 이상 미련이 남지 않아 가셨구나 하는 생각이 들었다.

고생은 혼자 다 하시면서도 늘 미안하다는 말을 하셨던 아버지. 한 동안은 큰 슬픔에 젖어 종종 가족들 몰래 눈물도 흘렸지만 막상 이듬해에 집 앞에 기보의 주유소가 들어선 걸 보니 가슴이 벅차 새로운 활기를 찾았다.

그렇게 점점 크게 자리잡아가는 아들과 영특하게 자라는 손자를 보니 성큼 다가온 은퇴도 따분할 것 같지만은 않았다. 혈기 왕성했던 젊은 날에는 결코 상상도 하지 못할 만큼 초연한 받아들임이었다. 이후에도 새마을금고나 농협에서 크고 작은 일들을 맡긴 했지만 이제 내게 더 익숙하고 뿌듯한 호칭은 사장님의 아버지, 똑똑한 손자를 둔 할아버지였다.

그렇게 할아버지 소리를 여러 번 들으니 거짓말처럼 귀밑머리가 하예지고 어르신 소리가 익숙해졌다. 기보는 사업을 제법 잘 굴려 이젠 여기저기다 분점을 냈다. 두 딸은 모두 시집을 가 규덕이만한 자식들을 낳고 다행히 멀지 않은 곳에서 가정을 꾸리고 다 같이 살았다. 규덕이는 고등학교 내내 열심히 공부를 하더니 서울대에 들어가 주었다. 아버지께 못다 이루어드린 한을 풀어준 손자가 기특하고 또 고마웠다. 마흔이 넘어서까지 노총각신세를 면치 못하던 영보만이 유일한 걱정거리였는데 느지막하게 장가를 들어 지금은 행복하게 살고 있다.

밭일을 하다 중풍을 앓게 된 아내를 떠나보내고 내게도 노년이 찾아왔다. 마지막으로 내 손으로 한 일은 여주에 가족납골묘를 크게 짓고 아내를 먼저 들이는 것이었다. 종갓집에서 고생만 많던 아내의 유골 옆에 비어있는 내 자리를 하염없이 보며 나도 많이 늙었다는 게 느껴졌다.

여주 납골묘 완공현장

늘 명절 때마다 찾아뵙던 아버지께 가는 것도 이제는 힘이 든다. 다행이 납골묘로 가는 길은 잘 닦여있어 자식들이 오래오래 찾아줄 것 같았다. 몸이 한두 군데 아픈 것쯤은 이제 내가 아직 살아있음을 알려주는 몇 안 되는 증거였다.

굽도 못 쥐던 작은 손으로 '기호 3번'을 외치던 규덕이 마저 군대를 가고 나니 시간이 많이 흘렀음을 다시 한 번 느꼈다. 같이 늙어가는 노인네들과 매일 치는 화투와 틈틈이 무는 담배만이 가장 큰 낙이었다. 겨울이 되니 잔병이 모여 종종 응급실 신세를 지게 되었다. 큰 수술을 한 이래로 20년째 드나들던 아산병원이라 이젠 너무도 익숙했다. 그렇지만 언제부턴가 매번 집을 나서서 병원을 찾을 때마다 집안 구석구석을 살펴보는 습관이 생겼다. 이번 감기는 잘 낫지 않아 날이 밝으면 기보와 병원에 다시 가보기로 했다. 이번에도 무사히 돌아올 수 있을까?

돌아보니 정말 쏜살같은 시간이었다. 전쟁 폐허 속에서 자랐던 어린 시절, 동네로 돌아와 살아온 반 백 년의 시간. 그런 중에도 난 하고 싶은 건 다 했고 내 뒤에는 아버지와 믿음직한 아들 기보가 있었다. 군대에 간

규덕이도 틈틈이 휴가를 내어 병문안도 오고 안부전화도 했다.

내가 있는 병실 건너편엔 영유아 병동이 있다. 매일같이 요란한 아이들의 울음소리가 들려온다. 심하게 다쳐 울기도 하고 주사 맞기 싫어 소리를 지르기도 하고 저마다 온몸으로 괴로움을 소리치고 있지만 힘이 차있다. 앞으로 살아갈 험난한 세상에 자신 있게 덤벼보라 선전포고라도 하듯이. 약에 취해 조금은 덜 뜬 눈으로 바라본 창밖에는 지는 것인지 뜨는 것인지 알 수 없는 햇빛이 어둠을 가르고 밝게 빛나고 있다. 내 인생, 앞만 보면 늘 어둡고 험난했지만, 돌아보면 늘 밝고 아름다웠다.

손자 규덕 훈련소 면회사진

남겨진
것들

세대교체

××××

곳곳에 적혀있는 할아버지의 글씨들. 완전하진 않았지만 할아버지께서 살아오신 지난 80년의 세월을 짐작하기엔 충분했다. 결코 쉽진 않았겠지만 변화에 불응하지도 그렇다고 세상 풍파에 순응하지도 않으시며 살아오셨던 할아버지. 곁에 있지 못하고 꿈속에서 보내드려야 했지만 지금도 앞으로도 항상 내 곁에 계실 것만 같았다.

아버지와 목욕탕에 갔다. 힘들었던 무박 3일의 여정을 마치고 곳곳에 묵은 때도 밀어내고 뭉친 근육도 풀어내며 아버지와 이야기를 했다.

"아버지, 유산 문제는 또 시끄러울 일 없겠죠?"

"이미 형제들끼리 다 좋게 얘기 끝났다. 걱정 마라."

"기일은 음력으로 세실 건가요?"

"아니야. 양력이 편하겠지. 49제때 휴가 나올 수 있겠니?"

"나올 수 있어요. 장례 치르는 동안 주유소 오래 비워놨는데 괜찮겠죠?"

"별말 없는 거 보니 괜찮은 모양이다. 있다 한 번 나가봐야지."

"아버지는 오늘 좀 쉬세요. 제가 가서 교대해 줄게요."

"이렇게 또 한 세대가 바뀌었구나."

××××

아버지의 말씀에 어깨가 무거워졌다. 텅 빈 목욕탕의 열탕엔 동아할아버지가 온탕엔 붕붕할아버지가 희미하게 보였다. 동아할아버지와도 붕붕할아버지와도 수십 번은 더 온 집 앞의 목욕탕이었지만 아버지와 단둘이 와본 적은 처음이었다. 그렇게 나는 아버지의 장남이 되었다.

다음날엔 동아할아버지께서 계신 성남의 효성원에 갔다. 할아버지께서 편찮으시진 후 한 번도 찾아뵙지 못해 오랜만에 등산을 했다. 동아할아버지 묘소 곳곳에 흙더미가 약해져 있어서 아버지와 구둣발로 한참을 밟았다. 할아버지 유품을 정리하다 꺼내온 손목시계를 상 위에 올려놓고 차례를 지냈다.

"동아할아버지, 붕붕할아버지가 많이 힘들어 하시다 가셨어요."

또다시 머리를 바닥에 쳐 박고 한참을 울었다.

"우르르 쾅쾅!"

천둥이 치고 소낙비가 억수같이 쏟아졌다.

"화나셨나 보다."

어머니께서 가족들을 보며 웃으며 말씀하셨다. 급하게 차례를 마치고 내려가는데 어머니께서 가족들을 보내시고 묘소 앞에서 한참을 우셨다.

"할아버지. 죄송해요. 제가 아버님 좀 더 일찍 모시지 못해서. 자신이 없었어요. 어떡해요, 할아버지."

가족들은 다 같이 모여 있을 땐 애써 웃어가며 슬픔을 이겨냈지만 저마다 할아버지께 못한 말들이 많아 혼자 있을 때면 눈물이 많아졌다. 그래서 웬만하면 삼삼오오 모여 있으려 노력했다.

다음날 마지막으로 가족들은 삼우제를 지내러 다시 여주로 향했다. 저마다 할아버지께 드릴 사진이나 편지들을 챙겨 한 차례의 눈물바다를 흘려보냈다. 아버지께서는 남은 음식을 틀니를 묻어놓은 나무 앞에 잔뜩 뿌리시고는 절을 하셨다. 할아버지께서 고생하셔서 만드신 의치로 오색빛깔 떡을 한입 씹어 드시고 가실 수 있었으면 얼마나 좋을까? 손주가 주는 거라면 콧물 묻은 떡이라도 맛있게 잡수시던 그 날처럼.

가족들은 트렁크에서 할아버지 옷을 잔뜩 꺼냈다.

"규덕아, 할아버지께서 마지막으로 입으셨던 옷이야."

저녁 산책 때 늘 입고 나가시던 츄리닝이었다. 우리 동네 사

여주 가족 납골묘

람이라면 한번쯤은 봤을 법한 건강하신 할아버지의 상징이었다. 마지막으로 옷 사이로 얼굴을 파묻어보았다. 아직 다 가시지 않은 할아버지의 냄새가 남아있었다. 태우지 않고 오래오래 갖고 있고 싶었지만 먼 길을 가실 할아버지께 편안한 옷을 챙겨드려야 했다.

"할아버지께서 여행 가실 때 쓰시던 가방이야. 할아버지 여행가신 거야."

오전 내내 차분하시던 아버지의 목소리도 떨려왔다. 할아버지와 갔던 수많은 여행에 늘 함께 했던 가방이었다. 저 가방 안에 치약, 칫솔과 할아버지의 면도기, 그리고 작은 주머니 속에 늘 화투가 한 벌 담겨 있었

여주 가족 납골묘 전경

다. 여행. 정말 오래전 동네 사람들 몰래 생사의 갈림길까지 다녀오셨던 여행처럼 기적같이 돌아오실 수 있다면 얼마나 좋을까. 먼 훗날 나도 저 타는 불구덩이 속에서 한 줌의 재가 되고 나면 또 한 번 할아버지와 기나긴 여행을 떠날 수 있을까? 사랑하는 붕붕할아버지와 함께.

할아버지께 쓰는 편지 한 통과 함께 마지막 인사를 하고 집으로 돌아왔다.

장남이 드리는 감사의 말 ~~~ ❉

아버님이 떠나시고 어언 이백여 일
지나가고 있습니다.

2015년 마지막 생일잔치

마지막 두어 달 힘드셨던 모습이 아직도
저의 가슴에는 아픔으로 남아 있습니다.

지난 여름 모식당에서 아내와 함께
식사를 하고 나오는데 우연히 양희춘
의원님 내외분을 뵈었습니다.

무의식적으로 동석하신 분들을 바라보면서 예전 같았으면 함께 계셨
을 아버님, 어머님의 모습이 떠올랐습니다. 순간 그리운 부모님의 모습
이 생각나며 나도 모르게 눈시울이 뜨거워져서 함께 계신 분들을 차마
볼 수가 없었습니다.

저희 부부는 간단히 인사만 드리고 둘이 서서 눈물만 훔치며 내외분의
위로에 말씀만 듣고 한참을 서 있었습니다.

아버님께서 떠나시고 지금까지 많은 분들께서 많은 위로와 격려도 해
주셨지만 오늘처럼 많이 힘들지는 않게 잘 견디었었는데...

장례를 치르고 난 후에도 많은 분들께서 부음을 알지 못했었다고 말씀
하시며 따로이 문상을 해주셨습니다. 시월에는 메르스 여파로 인해 미루
어졌던 동네의 이런저런 행사들이 많이 있었습니다. 그때도 여러분들이
아버님의 관한 말씀으로 인사를 주셨습니다. 떠나신 아버님의 빈자리가
아직 저희 주변의 따스한 온기로 남아 있음을 느끼는 시간들 이었습니다.

엊그제 나타리가구 강삼룡 회장님께서는 저에게 전화를 주셨습니다.

저의 안부를 물으시고 간밤의 꿈에 두 분이 많은 대화를 나누셨다는 말씀을 하셨습니다. 그 말씀을 듣고 보니 주위 많은 분들에 대한 배려의 마음이 부족했음을 다시한번 느낄 수 있었습니다. 저희들은 다시 매진하여 아버님의 빈자리를 조금이라도 메워 보겠습니다.

아버님, 어머님은 저희들 곁을 떠나셔서 저희들이 모실 수는 없지만 저희는 소중한 기억들을 정리하여 서로의 가슴에 모시고자 합니다.

다음 주에는 규민, 규명이의 첫 돌입니다.

아버님 어머님께서 그토록 기다리셨던, 그 손주들의 첫 돌에 두 분이 함께 계셨으면 하는 간절한 아쉬움이 저의 마음을 더욱 아프게 합니다. 아버님이 병환 중에 한 두 번씩 안아주셨던 아이들이 잘 자라고 있습니다. 우리 쌍둥이 손주가 강건하게 성장할 수 있도록 두 분께서 지켜봐 주세요.

두 분께서 규민이, 규명이에게 들려주시고자 했던 자장가 그리고 보여주고 싶으셨던 세상의 모든 이야기들을 모으고자 했습니다.

그리하여 아쉬움과 소중한 기억을 함께 하신 분들의 사연을 모아 유고집으로 정리합니다.

더 드리지 못한 존경을 담고, 또한 서로의 사랑도 담았습니다.

마음 깊은 곳에서 두 분을 뵙고 싶을 때 조용히 한 번 더 펼쳐 보도록 하겠습니다.

2015. 7.

아들 기보　며느리 조성화　손 규덕, 나영
　　　영보　　　　　권용경　　　규민, 규명
딸　경화　사　위 이근태　　　진환, 서영
　　　미옥　　　　　권숙조　　　영혜, 우희 올림

며느리가 하고 싶던 말..

아내 김옥자 여사와의 사진

　이제는 시부모님 두 분이 함께 다정히 찍으신 시진만 보면 만감이 교차하곤 한다.

　바라만 봐도 흐르는 눈물을 참아 내려 애쓰지만 건강 하시고 행복한 사진 속, 두 분의 모습과 달리 내 기억에 남아 있는 마지막 모습은 누군가의 보살핌을 받으셔야만 했고 촛불과 같이 위태롭고 나약하셨기 때문이다.

　좀 더 일찍 열린 마음으로 섬기지 못한 죄송스러움에 용기 내어 사랑한다 말씀드린 것을 그나마 다행스럽다는 생각과 함께 나 자신을 위로하곤 한다.

　안아 드릴 때마다 자꾸만 좁아지시는 아버님의 어깨를 생각하면 지금도 가슴 저리도록 아파온다. 야위어 가시는 아버님께서 크고도 또렷한 말씀을 하실 수 있을 때가 바로 "사랑합니다"라는 나의 쑥스러운 속삭임에 "알아 알아!"라는 맞장구 쳐주심이 마지막이었음을 나중에 알게 되었다. 그 후 침묵에 가까운 침상생활을 하셨으니까...

　불편해하시는 것 덜어 들이려고 최선을 다 하려는 노력은 했지만 존경하는 내 속마음과 따스한 말들을 수다쟁이처럼 들려 드리고 싶었는데...

　어렵기만해서 입안에서만 맴돌리다 삼켜버렸던 것은 후회로 나에게 다가 왔다. 또한 한 가문의 종손, 종부로 살아가시며 겪으셨을 많은 노고를 위로해 드리고 감사한 맘을 전해드리고 싶었지만 그땐 정말 마지막 인사가 될까봐 삼키고 또 삼켰는데 이제는 후회스러울 뿐이다.

붙잡고 싶은 시간은 자꾸 흘러가고 멈춰 드리지 못 하는 부모님의 고통은 내가 앞으로 어떻게 살아야 할지 다짐으로 변해버렸다.

부족하지만 "사람다운 사람이 되려고 끊임없는 노력을 하겠다"는 다짐만 두 분께 다시 드립니다.

아버님, 어머님 감사합니다.

언제나 제 가슴에 두 분은 함께 하실 것입니다.

2015. 10. 15.

맏며느리 성화 올림

2006년 고희연 가족사진

막내아들. 마음의 고향... 아버지. 그리고 어머니.

"아빠... 저 왔어요. 눈 좀 떠 보세요..."

아빠는 힘없이 눈만 떴다 감으셨다.

간병인 아주머니는 아빠가 통증이 심해서 지난밤에 한 잠도 못 주무셨다고 하며 하품을 하면서 자리를 떴다. 나는 "아빠"라고 부르며 온기를 느낄 수 없는 손을 잡았다. 나이 사십이 넘었는데도 집안에선 막내라 아직도 "아빠"라고 부른다.

아빠 손은 링거주사를 꽂아 시퍼렇게 멍이 들어있었다. 혈색은 창백했고 내가 부르는 소리에도 반응이 없으셨다. 혼자 말 하듯이 "아빠, 쌍둥이 규민이, 규명이 돌잔치가 11월 28일이에요. 그때까지 꼭! 사셔야 해요. 그때까지만 꼭 버티세요"라고 힘없이 말을 했다.

그때 온기조차 없던 아빠는 손에 불끈 힘을 주어 내 손을 꼭 잡으며 온 힘을 쥐어짜듯 간신히 머리를 끄떡 끄떡하셨다. 나도 모르게 아빠를 버럭 안으며 두 눈에 눈물을 흘리기 시작했다.

"아빠, 존경하고, 사랑합니다." 아빠도 두 눈에 눈물을 흘리기 시작하셨다. "아빠, 존경하고, 사랑합니다." 이제 불혹을 넘긴 나이에 처음으로 한 말이다. 그렇게 어렵고, 힘든 말도 아닌데 이제야 그 두 마디를 내뱉었다. 왜 진작에 표현을 못하고 이제야 하는지 나 자신의 무심함이 후회스러웠다. 아빠는 찬찬히 날 바라보기만 하셨고, 난 정말 아이처럼 말 그대로 엉엉 울었다. 못난 내 자신과 아빠를 어떻게 떠나보내야 하나 하는 생각뿐이었다.

나도 이제야 두 아이의 아빠가 되었는데...

아빠는 지난 가을부터 입원과 퇴원을 반복하기 시작하셨다. 하지만 나는 아내가 쌍둥이를 임신한데다 출산이 다가오자 병원에서 항상 조심하고, 응급상황이 닥치면 언제든지 병원에 올 준비를 하고 있으라고 했기에 하루하루 거기에 신경이 곤두서 있었다.

그래서 아빠에게 신경 쓸 여력이 없었다. 물론 돌이켜보면 핑계에 불과했다.

아빠가 병원에 계시는 동안 가족 모두가 병원을 매일 방문하며 나아지시길 바랐다. 하지만 아빠의 병세는 좀처럼 나아지지 않았다. 그러는 동안 쌍둥이 규민이 규명이가 태어날 때 즈음, 아빠는 중환자실에 입원하셨다.

그때부터 내 마음은 불안해지기 시작했다. 아빠가 호전되기는커녕 점점 나빠지기 시작하셨기 때문이다.

쌍둥이가 태어나서 삼칠일도 지나기 전 첫 외출은 아빠가 계신 병원이었다.

아빠는 규민이, 규명이를 보시며 간만에 미소를 머금으셨다.

하지만 웃고 계신 표정 가운데에서도 어딘가 많이 아프신 기색이 확연히 보였다.

규민이 규명이와의 짧은 첫 만남을 뒤로 하고 아빠는 다시 병마와 싸우기 시작하셨다. 엄마가 세상을 떠나신지 불과 3년 밖에 되지 않았는데 아빠마저도 우리 곁을 떠나시려나 하는 생각에 마음이 몹시 번잡했다.

왜 더 편하게 모시지 못했는지, 왜 효도는 더 못했는지 돌이켜보니 많이 후회스러웠다.

누구나 닥쳐봐야 안다지만, 나도 정말 아둔한 사람인가 보다.

하지만 마음 한편으로는 아빠가 빨리 나아지기만 간절히 바랄뿐 더 이

×××

159

상 내가 할 수 있는게 아무 것도 없어보였다. '내일은 오늘보다 좀 더 나아지시길...'

백일이 좀 지나 규민이 규명이를 데리고 다시 병문안을 드렸다. 코 줄로 간신히 끼니를 드시는 아빠가 뼈만 앙상하니 힘없이 앉아계셨다. 쌍둥이들이 할아버지를 기억했으면 좋겠지만 그건 내 욕심이고 아빠만이라도 규민이 규명이를 꼭 기억해주셨으면 하고 바랬다.

집에 돌아오는 길에는 만개한 벚꽃이 바람에 눈처럼 흩날렸다. 4월의 봄은 더할 나위 없이 화창했다.

'아빠가 병원에서 나오셔서 이 모습을 함께 보셨다면 얼마나 좋을까'하고 나 혼자 속절없는 생각을 해보았다.

요즘도 가끔 어릴 적 살았던 하일동 628번지, 그 집이 꿈에 나온다. 한편의 흑백 영화 같이 넓은 마당을 지나 계단에 올라 큰 대문을 삐그덕 열고 들어서면 좌측 사랑채에는 할아버지가 앉아 계시고 그 앞 수돗가에 내가 놀고 있다. 안방에는 형과 누나들이 등교준비를 하느라 바쁘게 왔다 갔다 하고 건넌방에서는 아빠가 출근 준비하시느라 넥타이 매고 계신다. 부엌에는 큰 가마솥에서 연기가 모락모락 피어오르고, 뒤뜰에는 큰 배나무와 그 뒤로 하늘을 가릴 듯한 대추나무가 있다. 그리고 나무 밑에는 집안 신주단지를 모시는 볏짚이, 그 앞 장독대에서 엄마가 장을 뜨는 장면이 아련하게 펼쳐지곤 한다. 아마도 그때가 내가 초등학교 입학 전후라 짐작한다.

어린 날의 한편의 추억을 잊지 않게 뇌리 깊이 새겨두고 가끔 혼자 그 시절을 회상해보곤 한다.

아마도 그 맘 때 즈음일 것이다. 초등학교 입학하면서 태권도 도장을 다녔는데 학교가 오후반일 때면 아침에 아빠가 나를 자전거 뒤에 태우고 도장까지 데려다 주시곤 하셨다. 자전거 뒤에서 아빠 허리춤을 꼭 잡고 달리면 그게 마냥 신기하고 재미있었다.

도장까지 가는 동안 아빠는 항상 "영보야 꼭 잡아라. 떨어지면 다쳐요. 그럼 아프다. 다치지 않게 꼭 붙잡아라." 말씀하셨다.

또, "영보야, 너는 크면 뭐가 되고 싶니?" 물으시면 내 대답은 한결같이 선생님 아니면 군인이었다. 그 나이 때 다른 아는 것이 없었기 때문이다.

그럼 아빠는 "그래 선생님, 군인 좋지. 하지만 제일 중요한건 건강하고 올바르게 사는 거란다." 하곤 하셨다.

그게 무슨 말인지 어린 나이에 나는 알 수 없었다.

그냥 크면 선생님이나 군인이 그저 되는 줄 알았다.

초등학교 때 집안 가훈을 적어오라는 숙제가 있었다. "아빠, 학교에서 가훈을 적어 오라는데요" 하니 아빠는 "영보야, 가훈이 뭔지 아니" 하고 물으셨다. "가훈? 몰라요, 선생님이 적어 오라는 숙제라서…" 나는 말끝을 흐렸다. 아버지는 '成功' 이란 두 글자를 적어주셨다.

"영보야 읽어 보거라, 성공이란다." "이게 무슨 뜻이에요?" 묻자 아빠는 웃으시며 "이 뜻은 자기가 하고자 하는 일을 끝까지 이루어 내는 거란다." 하고 말씀 하셨다. "영보는 뭐가 되고 싶니" 물으시길래 "난 사장님! 빙글빙글 도는 회전의자에 앉아서 담배를 피우고 싶어"라고 대답하니, 아빠와 엄마는 박장대소를 하셨다. 엄마는 "그 자리가 어떤 자리인줄 아니? 아마도 가시방석임이 틀림없을 거다. 난 그런 거 바라지도 않는다. 자식이 잘 되면 부모야 좋지. 하지만 그게 그리 쉬운 자리가 아니고 아무나 앉는 자리도 아니란다. 난 그저 니가 밥벌이만 잘 했으면 좋겠다. 영보가 사장되면 엄마, 아빠 미국 구경이나 시켜줄라나" 하시며 빙그레 웃으셨다. 아빠는 "그래, 이왕할거면 정주영이나 이병철처럼 대한민국 큰 사장님이 되거라" 하시며 내 머리를 쓰다듬어 주시며 크게 껄껄 웃으시던 기억이 새록새록 난다. 하지만 아빠와 좋은 추억만 있는 것은 아니다. 내가 중학교 때 아빠가 학교에 오셔서 담임선생님과 상담을 하시고 집에 돌아오신 후 날 안방으로 부르셨다.

선생님과 상담 하신 이야기를 하시고는 화를 내셨다. 친구들과 어울리는 것이 좋았고 일탈이라고 해봐야 오락실이나 만화방에 가는 게 전부였지만, 난 그게 청소년기의 특권인양 행동 했었다. 그러니 학교 성적이 좋을 리가 없었고 아빠의 꾸지람에 난 할 말이 없었다.

고등학교에 진학 하면서 심기일전하여 열심히 공부하였으나 노력에 비해 좋은 성과를 내지 못했다. 노력만은 게을리 하지 않으려고 다짐했지만 늘 마음 같지는 않았다.

어느 날 아빠가 독서실에 들르신 적이 있었는데 난 책상에 엎드려 잠을 자고 있었다. 아빠는 자는 날 깨우더니 "잘 거면 집에 가서 자거라."는 말씀만 하시고 자리를 뜨셨다.

'왜 하필 이럴 때만 오시는 거야.' 라고 속으로 푸념을 했었지만 내가 부족 한 탓인 것을 잘 알았다. 아빠한테는 지금도 최선을 다하는 모습을 보여드리지 못한 것에 죄송스런 마음을 가지고 있다.

시간은 흘러 무사히 3년 군복무 마치고 제대 한 후 아빠와 목욕탕을 같이 가게 되었다. 아빠는 내 등을 꼼꼼히 밀어 주시며 "우리 영보도 이제 진짜 성인이다. 항상 몸가짐을 조심하고 행동에 책임질 줄 알아야한다"며 이런저런 말씀을 해 주셨다. 나도 아빠 등을 밀어 드리는데 나도 모르게 눈물이 왈칵 쏟아졌다.

아빠 등은 꾸부정했고 피부는 생기를 잃었으며 머리는 반백이셨다. 진짜 할아버지가 되신 듯 했다. 모든 것이 우리 가족을 위해 애쓰시고 바쁘게 살아오신 증거인데 '나는 아빠한테 해드린 것이 하나도 없구나'라는 생각에 스스로 반성을 했다.

가끔 이제는 부모님이 안 계신 고덕동 본가에 들를 때가 있다. 1층 거실에 들어서면 "우리 막둥이 왔니" 하는 엄마 목소리가 내 귓가에 아직도 들리는 것 같다. 말년에 엄마는 항상 쇼파에 앉아 TV를 보셨고 "저놈이 빨리 장가를 가야하는데, 내 몸이 이러니 영보가 장가를 못가는 지도 몰라 내가 빨리 죽어야 하는데"라며 혼자 말씀을 하시곤 하셨다. 그런 말을 들을 때마다 엄마한테 내가 더 죄송한 생각이 들었다. 아빠가 어느 날 날 부르시더니 크게 역정을 내셨다.

"영보야 나도 나이가 이제 많다. 엄마도 몸이 불편하지 않니? 지금까지 이 만큼 여자를 소개 받았으면 그 중에 니 마음에 드는 사람이 없다는 건 내가 보기에는 말이 안 된다. 지금까지 보아온 사람 중에 니 마음에 드는 사람을 찾아 보거라. 새로운 사람을 찾는 건 시간낭비다. 너한테 많은걸 바라는 게 아니지 않니? 너도 자식을 낳고 가정을 이루어야 할 시기가 이미 지났다. 왜 자꾸 이러니, 시간이 없는데..."

"답답하다 이놈아. 니가 다 잘못하니깐 이런 일이 생기는 거다."

물론 나 잘되라고 하신 말씀인 것은 알지만 뜻대로 되지 않는 일에 나도 답답했다.

이 말을 옆에서 듣고 계시던 엄마는 우시면서

"영보한테 그러지 말아요. 나 때문에 쟤가 장가를 못가는 지도 몰라요. 내가 몸이 이러니 누가 시집을 오겠어요."

"영보야 미안하다 내 몸이 이러니 여자가 시집을 오지 않는 거야. 내가 빨리 죽어야지"

하시는데 나도 울컥하며 같이 울기 시작했다.

엄마는 말년에 뇌졸중으로 쓰러지신 후 왼손과 왼다리를 쓰시는데 무척 힘들어하셨다. 몸이 불편하신 이후로는 자식들 눈치를 보신다는 느낌을 종종 받았는데 엄마한테 그러지 마시라고 하면 "이놈아, 니가 내 입장 되 봐라 이런 나도 힘들다. 빨리 죽었으면 좋겠다." 하시면서도 한편으로는 "내가 죽긴 왜 죽어. 니가 결혼해서 자식을 낳으면 봐줘야지. 그런 날이 빨리 와야 하는데"라고 화사하게 웃음 짓곤 하셨다.

그러고 보면 엄마는 참 재미있는 분이셨다. 엄마 처녀 시절 사진을 보면 완전 딴 사람 같았다. 지금보다 훨씬 날씬하시고 고우셨다. "엄마 사진 속 여자는 누구야"라고 물으면 빙그레 웃으시며 "나 결혼 전 사진이야. 젊었을 땐 별명이 마포 엄앵란이었어. 그땐 나좋다는 사람이 많았는데 그 중 한사람하고 결혼했음 이런 고생 하지 않았을 거야. 니 아빠가 내가 처음부터 뚱뚱하면 나하고 결혼 했겠니, 젊었을 땐 날씬하고 이뻤다. 심씨 집안 시집와서 고생도 많았지만 그래도 니 아빠 만나서 팔자에 없는 고생은 안했으니 나도 실패한 인생은 아니지."

"6.25만 없었어도 남들처럼 호강하며 살았을 텐데 그놈의 6.25 때문에 피난 와서 고생만 하고... 다시는 전쟁이 일어나지 말아야지 그 고생 안 해 본 사람은 모른다." 하시고는 생각에 잠기셨다.

또 엄마는 특이하게 주무실 때 항상 TV를 켜 놓고 주무신다.

한밤중에 2층 내방에서 안방 TV소리에 살피러 가면 엄마는 TV를 안보고 주무셨다. 그래서 TV를 끄면 그 인기척에 깨셔서 TV를 재미있게 보고 있는데 왜 끄냐고 푸념하시곤 다시 TV를 리모콘으로 다시 켜신 후 주무셨다. 그런 재미있으셨던 엄마도 말년에 불편하신 몸으로 자식들 눈치 보며 하루하루 지내시는 것을 지켜보며 자식으로서 내 마음이 참 편치 않았다.

　병상을 오래 지키신 엄마가 돌아가시기 얼마 전인 추석 즈음 집에 하루 머무르신 적이 있었다. 긴 병원생활에 지치신 엄마가 그렇게 가고 싶어 하셨던 집에서 하루를 머무르시고 다음날 다시 병원으로 모시는데 형님이 어디선가 휠체어를 준비해 오셨다. "엄마 이거 타고 동네 한 바퀴 돌고 병원으로 가요" 하는 형님 말에 난 가슴이 뭉클했다. '지금가시면 다시는 집에 못 오시겠지' 엄마가 앉은 휠체어를 형이 뒤에서 밀기 시작했다. 속에서 복받쳐 오르는 눈물을 참을 수가 없었다.

　엄마가 시집와서 한평생 사신 그 동네 살아서 다시는 못 볼 동네... 형님도 휠체어를 밀면서 눈물을 흘리기 시작했다. 엄마도 자신의 마지막을 예견하셨는지 우리 집을 구석구석 살피시고 동네 하나하나를 눈에 꾸역꾸역 담으시며 병원으로 움직이기 시작하셨다.

　"저기 방앗간네 할머니가 2층에 계시는데 한번 쳐다보세요. 할머니한테 이렇게라도 인사를 하고 가셔야죠" 엄마는 고개를 들어 형이 가리킨 2층 한번 쓰윽 보시더니 아무 감흥 없이 고개를 떨구셨다. 방앗간네 할머니도 오랜 투병중이신데. 엄마 마음이나 할머니 마음이나 모두 같을 것이란 생각이 들었다. "엄마, 여기 기억나요?", "저 사람 인사하고 가는데 누구인지 알아보시겠어요?" 라는 형의 물음에 엄마는 아무런 표정 없이 앞만 보고 계셨다. 형님은 휠체어를 미시다가 "영보야 잠깐 밀어라" 말씀하시곤 뒤에서 눈물을 훔치시며 따라오셨다. 나는 병원 가는 그 길이 아주 멀어서 하루 종일 밀고 갔으면 하는 생각이 들었지만 집을 나온지 얼마 되지 않아 병원 앞에 마주셨다.

　다시는 못 볼 집을 나오셔서 마지막 삶을 정리할 병원에 도착 하신 것이다.

나는 엄마를 모시고 그곳에서 도망가고 싶었지만 어쩔 수 없는 무거운 걸음을 떼어 휠체어를 밀고 병원 안으로 들어섰다. 병실에 도착한 엄마는 한동안 말이 없으셨다. 집에 계속 계시고 싶었지만 병원으로 모신 것이 영 서운하신 모양이었다. 엄마한테 죄송스런 마음은 말로 표현할 길이 없었다.

그렇게 무거운 마음으로 집에 돌아와 아내와 저녁을 먹는데 "여보, 당신 어머님께 사랑한다고 말한 적 있어?"라며 뜬금없이 묻길래

"아니 없어"

"그럼 어머님 사랑 안 해?"

"아니 사랑하지"

"사랑한다고 표현을 안 하는데 상대방이 어떻게 알아, 나중에 후회 안 하게 내일 병원 가서 '엄마 사랑해요'라고 꼭 표현해요."

라고 했다.

아내 말이 맞다. 사랑한다고 엄마한테 한 번도 말한 적이 없는데 엄마가 어찌 아실까?

난 다음날 병원에 가서 엄마를 꼭 안고 엄마한테 난생처음으로 "엄마 사랑해요"라고 했다.

엄마는 웃으시며 "됐다 이놈아…"

다시 한 번 "엄마, 사랑한다고요" 했을 때 엄마는 깊은 한숨만 내쉴 뿐 아무런 말씀이 없으셨다. 엄마도 긴 투병생활이 많이 힘드신 게 분명했다.

그런 엄마한테 별 도움이 안 되는 내가 한심스럽고 원망스러웠다. 그리고 엄마는 며칠 뒤 뭐가 그리 바쁘신지 자식들에게 간다는 말도 없이 해 뜨는 새벽녘에 조용히 하늘나라로 가셨다. 부모님과 이별을 처음 경험하는 사람들은 알겠지만 하늘이 무너지고 땅이 꺼지는 것만 같았다.

엄마와의 작별은 나에게 서운함과 외로움으로 아주 크게 다가 왔다.

그리고 엄마가 세상을 떠나신지 3년 밖에 되지 않았는데 아빠마저도 우리 곁에서 떠나보내야 한다는 생각에 몹시 힘들었다. 왜 더 편하게 모시지 못했는지, 왜 효도는 더 못했는지 후회스러웠다. 마음 한편으로는 일말의 희망을 놓지 않고 아빠 병이 하루 빨리 낫기만 간절히 바라고 있었다.

아빠는 병원에 입원하시기 전에 항상 저녁을 드시고 주유소에 나오셔서 커피 한잔과 담배 한 개피를 피우시면서 주유소의 이런 저런 일을 물으시고, 앞으로 주유소 경영 전반에 관해 말씀하셨다. 아빠 말씀 중 가장 기억에 남는 것은 "바보는 기회가 오는 줄도 모르고 기회를 놓친다.", "기회는 자주 오지 않는다.", "없는 기회도 만들 줄 아는 게 능력이다.", "도전과 기회를 두려워 할 것 없다.", "어떤 위치에 있건 지위가 사람을 만든다는 말이 있다.", "누구나 할 수 있는 것은 너도 할 수 있다.", "기회가 오면 절대 놓치지 마라.", "너도 할 수 있다. 내가 보기에 너는 그게 부족하다. 기회가 주어지고 한번 결단이 서면 끝까지 추진 해 나가야한다." 같은 것들이다.

돌이켜 보면 내가 하는 일이 얼마나 부족하였으면 그런 말씀을 하셨을까하는 생각이 든다.

그리고 "항상 웃어른을 잘 섬기고 공경할 줄 알아야 한다. 흰 머리가 지혜의 왕관이란 말도 있다. 어른들에게 잘하고 모르는 게 있으면 묻기도 하고 자문도 할 줄 알아야 한다. 늙었다고 무시하면 큰 코 다치는 경우도 많다."는 말씀도 가슴에 새기었다.

규민이 규명이를 데리고 벚꽃이 만개한 날 찾아뵈었을 때 혼미 했던 정신도 제자리로 돌아오신 것 같았다. 간만에 안도의 한숨을 내쉬었다.

하지만 그것도 잠시, 날이 밝아 올 즈음 형님에게서 급하게 전화가 왔다. 내가 도착하자 이미 울음바다로 변해있었다.

반년이란 긴 투병 끝에 우리 곁을 영원히 떠나셨다.

아무리 울부짖어봐야 다시는 돌아오지 못할 먼 곳...

엄마가 계시는 하늘나라로 가신 것이다.

"아빠... 아빠..." 그렇게 목 놓아 울부짖었다. 앞으로 다시는 내 입에서 '아빠'라는 말이 나오지 않겠지. 다시는 못 부를 아빠를 그렇게 하염없이 부르며 울었다. 병원에서 장례를 치루는 동안 내 기억 속에서 사라졌던 집안어른들과 오래전 이웃에 살던 아저씨, 아주머니들도 먼 길 마다 않으시고 조문을 와주서서 발인하는 마지막 날에는 장례식이 졸지에 축제 분위기가 되어버렸다.

조문이 아니라 잔칫날처럼 화기애애한 분위기가 연출 되었다. 그렇게 장례를 잘 마쳤다.

아빠를 모신 납골당을 49제 때 다시 찾았다. 이제는 아빠와 엄마가 함께 계신다.

가만히 보고 있자니 가슴이 먹먹하고 뻥 뚫린 듯한 느낌이 들었다. 이젠 어떻게 해야 할 지 아무생각이 들지 않았다.

집에 돌아와 보니 내 입에서 다시금 '엄마, 아빠'라는 말이 나오고 있었다. 규민이 규명이가 옹알이를 시작해 아이들과 눈을 맞추며 '엄마, 아빠'라는 말을 가르치고 있는 것이다.

내 아들들도 '엄마, 아빠'라는 말이 세상에서 처음 배우는 말이자 마지막으로 울부짖게 될 말이 되리라.

아빠가 나에게 그러했듯 나 또한 쌍둥이들에게 좋은 아빠로 남아야겠다고 다짐했다.

엄마, 아빠!

두 분 하늘나라에서 두 분 오순도순 잘 사시리라 믿겠습니다.

가끔 자식들 꿈속에 나타나 잘한 것 있으면 칭찬도 아낌없이 해주시고, 잘못한 것 있으면 크게 꾸짖어 주세요. 부모님께 못난 자식 되지 않도록 계속 노력하고 발전하는 모습 보여드리겠습니다.

막내 아들 영보, 며느리 옥경의 아들 규민과 규명

엄마, 아빠 자식으로 태어난 것이 제게는 가장 큰 복입니다. 그리고 엄마, 아빠 자식으로 크는 동안 정말 행복했습니다.

제가 효도 많이 못한 것이 죄송스럽습니다.

그리고 우리 집에 가장 큰 어른이신 방앗간 할머니, 산곡할머니 두분 다 몸이 불편하신데 건강히 오래사시도록 돌봐주세요. 방앗간 할머니가 말씀하신 것처럼 형제간에 우애 있게 지내고 규민이 규명이 건강하게 잘 키우겠습니다. 항상 먼 곳에서 우리가족 걱정해주시는 철원이모할머니. 온갖 채소와 김장때면 항상 많은 양의 김장김치 해주시는데 항상 고맙게 생각합니다.

언젠가는 엄마, 아빠 만날 날이 오겠죠? 그때까지 열심히 살겠습니다.

엄마, 아빠 사랑하고, 존경합니다. 그리고 감사합니다.

2015. 10. 31.

규민이, 규명이 아빠 막내아들 영보 올림

×××

심재풍 의장님!

나날이 높이를 더해 가는 청명한 가을 하늘 위로 심재풍 의장님의 모습이 선연히 떠오르는 것은 가을이 추억의 계절이기 때문만은 아닙니다.

정직과 신의가 서릿발처럼 단호 하셨던 의장님 생전의 모습은 가을의 청량한 기운과 너무나도 닮아있기 때문입니다.

그래서인지 저는 심재풍 의장님의 모습이 그리울 때마다 '가을이 아름다운 이유'라는 시(詩)의 한 구절이 떠오르곤 합니다.

가을이 봄보다 아름답습니다.
화려하지 않지만
투명한 가을 분위기는
정을 느끼게 하며
친근감을 주고
청명한 가을 하늘을 향해
해맑게 핀 코스모스를 보며
정녕 가을은 봄보다 아름답습니다.

정녕 심재풍 의장님은 누구보다도 투명한 삶을 사시면서도, 친근감을 느끼게 해 주셨고, 누구보다도 아름다운 분이셨습니다.

더구나 공직생활부터 의정활동에 이르기까지 매사에 항상 확고하고 의연한 모습을 보여주셨습니다. 평생 정의로운 삶을 사셨기에 불의(不義)를 보면 추호도 참지 못하시어, 때로는 매서운 꾸짖음으로, 때로는 설득과 이해로 상대방을 일깨워주신 의인(義人)이셨습니다.

심재풍 의장님의 훌륭한 지도력과 강력한 추진력은 오늘날까지 많은 후배들에게 큰 귀감이 되고 있습니다.

아무도 결론을 내리지 못하는 큰 사안에 대해서도 서슴지 않고 단호한 판단력을 발휘해 큰 감명을 주시던 모습이 아직도 눈에 선합니다. 심의장님의 결단에 힘입어 이룰 수 있었던 많은 일들은 오늘날 강동지역이 더욱 발전하는 발판이 되고 있습니다.

심재풍 의장님의 타의 추종을 불허하리만큼 뜨거웠던 애향심은 지금도 변치 않으시어 강동의 하늘에서 고덕동, 강일동 일대를 내려다보시며 파수꾼처럼 지켜주고 계시리라 생각합니다. 그 숭고하신 뜻에 부응하여 강동 지역의 정치·경제·문화는 더욱 발전해 나갈 것입니다.

부디 아름다운 천국에서 편안한 마음으로 이 세상에서 경험하지 못했던 모든 일들을 이루어나가시길 기원합니다.

2015. 8. 20.

박성직 강동농협 조합장
前)강동구 의회 의장

×××

171

심재풍 의장님을 그리며 〰️ ❄️

　나는 내 부모 나이에 이르신 분들에 대해 아버지 어머니라고 스스럼 없이 말한다. 경로행사에 가거나 경로당을 들르거나 할 때면 으레 그렇게 말한다. 친근함을 표현하기 위함이다. 그분들도 그리 싫어하는 눈치가 아니다. 하지만 그렇다고 그 많은 어르신들이 아버지가 되고 어머니가 되는 것은 아닐 것이다. 그저 부담 없는 호칭으로, 특정한 어르신을 지칭하는 것이 아닌 다수의 어르신을 집단명사 삼아 그렇게 부르는 것이다. 하지만 심재풍 의장님을 아버지로 불러보지는 못하였다. 아들 기보가 나와 절친한 친구여서 부르려고 하면 언제든 부를 수 있었지만 그러지 못하였다. 나는 늘 '의장님'으로 불렀다.

　20년 전 의장님과 나는 강동구의회 의원으로 의정활동을 함께 하였다. 의장님은 매우 기품 있는 어른이셨다. 의원이 되시기 전, 관선 구청장 때 강일동, 상일동, 고덕동 동장을 두루 역임하셨다. 그때의 동장 중에는 가난하고 힘든 사람들을 구휼하는 인자하고 후덕한 마을 지킴이가 많았다. 심재풍 의장님은 바로 그런 분이었다. 누대를 강동에서 뿌리내리며 살아온 청송심씨 집안의 대표격인 분이셨고, 그런 만큼 갖가지 이력으로 팔방에서 모여든 사람들을 너른 품으로 감싸내는 분이셨다. 지방자치가 실시되고 지방의원으로 심재풍의장님이 첫발을 디딘 것은 자연스럽고 당연한 일이었다.

　나는 당시 심재풍의장님이 어떤 분인지 잘 몰랐다. 함자는 들어 잘 알고 있었고 더러 지역행사에서 뵌 적이 있었지만 인간적인 관계가 형성된 것은 의정활동을 시작하면서부터다. 의장님은 과묵하셨다. 60이 채 안된 나이셨지만 중후한 인품이 느껴졌고 사리분별이 분명하셨다. 상식과 예의범절에 어긋난 일에 대해서는 추상같은 질타를 쏟으셨고 눈초리 하나 만으로도 좌중을 압도하는 결기를 갖고 계셨다. 사실 감히 범접하기 어려운 품성을 지니셨기 때문에 당시 의정활동을 통해 친근한 관계를 형성하는 것이 그리 쉬운 일은 아니었다.

또한 당시 강동구의회 의원은 모두 37명(현재 18명)이었다. 행정동이 21개였고 소선거구제였기 때문에 행정동 하나가 선거구였다. 대부분의 동은 2명의 의원을 뽑았고 인구 2만 명에 못미치는 동은 1명을 뽑았기 때문에 37명이라는 많은 숫자의 의원들이 의회에 진출한 것이다.

내 지역구는 상일동이었고 의장님은 하일동(강일동의 옛 이름)이었다. 지역구도 다르고 당시 출신 정당(당시 구의원선거는 정당 공천이 금지되어 있었으나 정당에서 내천이라는 방식을 통해 공천권을 실질적으로 행사하였다)도 달랐다. 나이 차이도 많아서 어울려 다니는 의원들도 달랐다. 더욱이 상임위원회도 달랐다. 당시 강동구의회는 2개의 상임위원회가 있었다. 시민생활위원회와 도시건설위원회였다. 심재풍 의장님은 줄곧 도시건설위원회에 계셨고 나는 시민생활위원회에 있었다. 의원의 의정활동은 본회의 활동을 제외하면 늘 상임위원회 활동을 중심으로 하게 되는데 상임위원회가 다르다는 것은 일상적으로 의회에서 만나 얘기를 나누는 일은 별로 흔치 않다는 것을 의미한다. 쉽게 친해질 수 없는 여건이었던 것이다.

하지만 심재풍 의장님은 나 같은 젊은 의원들의 한결같은 존경을 받았다. 그 결정적 계기는 의정활동 초기의 의장단 구성에서 마련되었다. 당시 나를 비롯해서 성임제, 이형석, 손석기, 남윤일 등 젊은 의원들과 같은 생각을 가지고 의장단 구성에 참여하셨기 때문이었다. 제2대 강동구의회 전반기 의장은 이기영의원이 맡았는데 의장단 구성 때 일체의 정당 개입을 차단하고 소신과 원칙을 가지고 의장단을 구성했고 심재풍 의장님은 매우 적극적으로 앞장을 섰었다. 사실, 의장단 선거에 나선 일부 후보자들이 의원들을 대상으로 금품 공세가 있었고, 그에 따라 선거는 매우 혼탁한 양상을 보이기도 했다. 그러한 과정에서 심재풍 의장님은 의장단 구성이 원리 원칙에 따라 공정하고 깨끗하게 이뤄져야 한다고 역설하셨고 그것은 젊은 의원들과 함께 행동으로, 혁신적인 기표 행위로 표출되었다. 이러한 노력에 힘입어 의장단 구성은 정상적으로 이뤄졌다. 하지만 후유증이 크게 남았다.

의장단 구성 직후, 의회는 선거운동 과정에서 일어났던 금품수수와 관련된 추문을 조사하기 위해 "의장단선거금품수수 진상규명을 위한 특별위원회"를 구성하였다. 대다수 젊은 의원들이 위원으로 참여하였는데 배온희 의원이 위원장을 맡았고 내가 간사를 맡았다. 심재풍의장님은 위원으로 활동하지는 않으셨지만 우리들의 활동에 대해 용기를 불어넣어 주셨고 든든한 뒷받침을 해주셨다. 당시 의회 내에서는 일부 반발 기류도 있었으나 심재풍 의장님 같은 분들이 계셨기 때문에 자유롭고 소신 있는 활동이 가능하였다. 이러한 인연으로 심재풍 의장님과 나는 다른 젊은 의원들과 마찬가지로, 생활 속에서 일상적인 교류가 있는 관계는 아니었지만 존경과 존중으로 서로를 대하는 매우 바람직한 관계를 일찍부터 형성했던 것이다.

심재풍 의장님은 의정활동도 매우 인상적이었다. 의원으로서의 사명에 충실하셨고 주민의 대변자로서 걸맞는 의정활동을 하셨다. 의원의 의정활동은 주민들이 보장해준 것인 만큼 주민들의 의사를 대변하는 것이 가장 중요하다. 의원이 의원으로서의 지위와 위신에만 관심을 갖고 본연의 일에 무심하다면 의원 자격이 없다고 할 수 있다. 그 본연의 일이 바로 주민들의 목소리에 귀 기울이고 주민의 의사를 대변해서 의회에서 발언하고, 주민들의 의사를 여러 가지 제도적인 형식으로 관철하는 것이다. 그런 면에서 심재풍 의장님의 의정활동은 모범적인 것이었다. 심재풍 의장님은 하일동 주민들의 참 대변자였다.

당시 하일동 출신 의원이라는 것은 특별한 의미가 있었다. 다른 의원들과 뚜렷이 구별되었던 것이다. 하일동은 강동구에서 가장 가난한 사람들이 사는 동네였다. 1968년 홍인동 화재민을 비롯해서 9개 구에서 이주한 '영세민' 집단 거주지였다. 심재풍 의장님과 같이 원주민 출신으로 재산이 있는 사람들도 그린벨트에 묶여 수십년 동안 재산권 행사도 제대로 하지 못했고, 변변한 집수리도 할 수 없는 곳이었다. 주택 난방으로 도시가스를 사용하지 못했고, 오수관로가 없어 '일'을 보려면 공중화장실을 이용해야 하는 사람들이 많았다.

하일동 진입로 오거리 못미처 왼편으로 야트막하게 누운 판자촌, 당시 하일동 10통 지역이 생각난다. 한 호당 6평 남짓한 지극히 옹색한 주거지였는데 그나마 수해가 닥치면 종종 물에 잠겼고 볕이 들면 구차한 살림살이를 내놓아 습기를 말리느라 여념이 없는, 전염병이 돌까봐 방역차가 심심찮게 골목을 도는 그런 곳이었다. 그러나 그 사람들이 불행한 삶을 사는 것은 아니었다. 오히려 번화한 곳에서 사는 사람보다 더 여유있고 더 행복했을지도 모른다. 왜냐하면 비슷비슷한 여건의 사람들이 오순도순 서로 돕고 살았기 때문이다. 하일동에서 잔치가 벌어지면 금방 알 수 있다. 정이 넘치고, 음식 인심 후하고, 노래가락이 끊이지 않고, 커다란 웃음소리가 왁자하던 곳이었으니까 말이다.

그러나 그런 동네의 대표자로서 심재풍 의장님은 어떤 생각과 계획을 가지고 의정활동에 임하셨을까. 도시 인프라가 제대로 갖춰져 있지 않고, 대다수 주민들이 공중화장실 신세를 져야하고, 버스와 지하철을 탈 때면 눅눅한 집안 공기 때문에 외투의 곰팡내 걱정을 하고, 자식이 장성해 방을 하나 따로 내는데 그린벨트 단속반에 걸려 쌓은 벽돌을 도로 부숴야 하는 처지의 사람들을 보면서, 하일동 사람들이 오순도순 정을 나누고 산다고 심재풍 의장님도 행복하셨을까. 도저히 상상할 수 없는 일이다. 심재풍 의장님이 도시건설위원회를 택한 것은 하일동을 도시 다운 '도시로 건설'하려는 소망을 말해주는 것이요, 하일동 주민들에 대한 사랑을 말해주는 것이다.

그러므로 심재풍 의장님의 의정활동은 하일동 주민들의 주거환경의 개선, 도로 개설과 정비, 난방연료 문제의 해결, 개발사업에 따른 토지환매권 보장 등 하일동 주민들이 누려야 할 가장 기초적인 권리에 천착해 있었고 실제, 의정활동 속기록을 살펴보면 일관되게 관철되는 원칙이었음을 잘 알 수 있다. 관선 동장 시절, 마을지킴이로서 어렵고 힘든 사

람들에게 힘이 되어주던 때의 모습이나 의원이 되어 뱃지를 달고 의정단
상에 서서 구청장과 고위 공무원들을 질타하는 모습이나 별반 다를 바가
없는 것이다.

　의장님은 강동구의회 3대 의회에 다시 진출하셨고 의장이 되셨다. 나
는 서울시의회로 진출하여 의장님과 만날 기회는 많이 줄어들었지만 상
호 신뢰와 존경을 바탕으로 한 더욱 돈독한 관계를 유지하였다. 특히 아
들 기보와는 1998년 선거 운동과정에서 자주 만나게 되었는데 나랑 나
이도 같고 학생운동에 참여한 이력도 같고 생각하는 것도 같아서 친한
친구가 되었다. 엄한 아버지 아래 반듯하게 자란 기보는 일탈을 모르는
사람이지만 생각이 다소 진보적이고 유연한 것은 의장님을 닮은 것이 아
닌가 여겨진다. 도덕경에서 노자가 이르기를 "성인무상심(聖人無常心)"
이라 했다. 고집과 아집이 없는 사람이 성인이라는 뜻이다. 의장님의 인
품과 의정활동을 통해서 보인 역량은 의장 역할을 수행하기에 부족함이
없었지만 두루 사람을 아우르고 개성과 성향이 두드러진 의원들을 품어
내는 원만한 인격을 갖고 계셨기 때문에 존경 받는 의장이 될 수 있었다
고 생각된다. 불의한 것을 참지 못하는 성격이셨지만 편벽되지 않고 나
같은 젊은 사람들에 대해서는 무척 인자하셨으므로 '무상심'을 갖고 계셨
다 할 만하다.

　의장님의 하일동 주민에 대한 사랑은 의정활동을 마치신 뒤 새마을 금
고 이사장을 역임하면서 또 한 번의 빛을 발하셨다. 나는 가끔 들러 인사
를 드리고 차를 한 잔을 얻어 마셨는데 갈 때마다 아무리 바쁜 일이 있었
어도 시간을 내 얼굴을 마주해주셨다. 내가 하는 일에 관심을 보이시고

격려를 아끼지 않으셨다. 그때는 의장님께서 당신 아들 친구라는 걸 더 의식하는 게 아닌가 하는 생각이 들었다. 왜냐하면 아버지의 사랑 같은 것을 느꼈기 때문이다. 그 후 의장님을 찾아서 인사하는 일은 계속되었다. 새마을 금고 이사장직을 마치신 후에는 '해뜨는 주유소'로 찾아뵈었다.

'해뜨는 주유소' 준공식에서 감격해 하시던 의장님의 모습이 떠오른다. 구의원으로서 의정활동을 하실 때 하일동 주민들의 난방과 연료 문제에 관심을 많이 가지셨다. 연탄보일러가 하나 둘씩 사라지고 기름 보일러로 바뀌면서 연료는 석유로 대체되었다. 도시가스는 엄두를 내지 못했을 시절이었다. 주유소가 너무 멀어 하일동 석유 소매점에서 비싼 석유를 사서 쓰는 주민들은 불만이 많았다. 주거 여건도 좋지 않은데 연료마저 비싸게 사다 써야 하다니, 의장님으로서는 가슴에 맺혔을 법한 일이었다. 그런 경험이 주유소를 직접 경영하시게 된 동기가 되었을 것이다.

해뜨는 주유소에서 의장님을 찾아뵈면 늘 현미 녹차를 한 잔 주셨다. 차 한 잔의 시간이 의장님을 뵙는 시간이었다. 말수가 적으셔서 내가 이런저런 말씀을 드릴 때가 많았다. 그럴 때마다 의장님은 인자한 모습으로 고개를 끄덕이셨다. 젊은 사람이지만 예로써 대한다는 느낌이 들었다. 군자셨다.

2010년 2월, 나는 강동고등학교 졸업식에 참석해 내빈 축사를 했다. 졸업식이 한 날 동시에 행해지기 때문에 많은 학교를 갈 수가 없었다. 많이 가야 두 개 학교 정도다. 강동고등학교를 간 것은 우연이었다. 졸업식을 마치고 학교 관계자와 마지막 인사를 나누고 있는데 누가 내 어깨를 건드렸다. 몸을 돌려 보니 의장님이셨다. 나는 깜짝 놀라 어쩐 일이시냐고 여쭸더니 손자 규덕이가 졸업을 한다는 것이었다. 나는 축하를 드리고 잠시 담소를 나누다가 의장님과 헤어졌다. 규덕이 진학에 대해 물어보지는 못했다. 워낙 공부를 잘 하는 아이라고 알고는 있었지만 얘기하기 전에 묻는 것은 어쩐지 결례일 것 같아서 말이다. 그런데, 나중에 알게 된 것이지만 규덕이는 그 해 강동고등학교에서 서울대학교에 진학한 몇 안되는 학생 중 하나였다. 자랑을 하시고도 싶으셨으련만, 고매한 의장님의 성품은 당신이 현세에 안계시므로 생각할수록 높고 빛이 난다.

의장님을 추모하면서 몇 자 적어보니 할 말이 깨알 같이 쏟아진다. 주마등처럼 스쳐가는 의장님과의 인연을 일일이 문자로 옮기는 것도 의장님께서 달가워 할 리 없을 것 같다. 늘 과묵하시면서도 인자하신 이 시대 어른다운 어른을 그리면서 결례가 되지 않았나 조심스러울 뿐이다.

2015. 11. 19.

강동구청장 이해식 올림

졸업식 축사 사진

아버지라 부르고 싶었던 선배님께 〰️❄️

두 몫 하시는 일꾼!

저는 서울특별시 강동구 강일동(옛 하일동), 고덕1, 2동 구의원입니다.

원래 10월은 저 같은 정치인에게는 참 바쁜 달인데, 오늘은 평소보다 많이 바쁜 하루였습니다.

아침에는 야유회나 단풍구경 가는 단체들이 많고, 오전에는 자전거를 타고 동네를 한 바퀴 돌아보고, 오후에는 이런저런 행사들을 찾아가고, 저녁에는 단체별 식사 모임이 참 많습니다. 휴대폰에는 늘 부재중 전화와 문자 메시지가 빼곡히 쌓여 있곤 합니다.

동네를 다니다 보면 참 많은 사람들을 만나 이야기를 나누는 일이 일상인데 오늘은 왠지 만나는 분들마다 돌아가신 심재풍 의장님 얘기를 많이 했습니다.

심재풍 의장님...

저를 소개 할 때 "우리 막내 아들이야"라며 환한 미소로 늘 대해 주시던 분이십니다. 제가 실수를 하면 "괜찮아 나도 젊을 때 그랬어" 하시며 용기를 주셨던 분이십니다.

그러고 보니 저는 그분께서 1995년 하일동, 그리고 1998년 고덕2동에서 당선되셔서 열심히 일하셨던 곳을 물려받아 일을 하고 있었습니다.

"두 몫 하시는 일꾼"

1998년 고덕2동에서 출마하실 때 슬로건이 지금도 기억에 남아 있습니다.

그리고 구의원이 되시고, 의장을 하시면서 본인께서 하신 말씀을 실천하시느라 참 고생을 많이 하셨던 모습도 기억 속에 남아 있습니다.

동네에 소소한 민원도 쉽게 여기지 않고 직접 챙기시고, 어려운 사람을 보면 그냥 넘어가지 않으셨으며, 특히나 옳지 못한 일에는 앞장서서 싸우시는, 그리고 때가 되자 자리를 후배에게 미련없이 양보하시는 본보기를 만들어 주셨던...

참 우리 정치가 쉽게 하지 못하는 일을 그 분은 아주 쉽게 하셨었네요.

요즘 이런저런 고민으로 머리가 많이 복잡했는데, 밤늦은 시간 심재풍 의장님을 떠올려 보니 마음이 한결 가벼워집니다.

이래서 오늘 만났던 분들께서 심재풍 의장님 얘기를 저에게 하셨나 봅니다.

의장님! 잊지 않겠습니다.

2015. 10. 23.

강동구의원 이준형

평생을 본받고 싶었던 동장님의 모습 〰️ ❄️

고맙습니다, 그리고 사랑합니다.

1995년 봄 아파트 입주가 시작하면서 나의 일과는 사무실, 집 또 사무실을 오가며 쳇바퀴 돌듯이 직장과 전업주부의 투잡으로 생활이 뒤죽박죽되었다.

아파트 입주 당시 동사무소에서 전입 담당이었던 나는 하루 종일 접수만 받고 남들 퇴근할 때가 되어서야 다시 접수 받은 카드를 정리하였다.

어린 아들을 동사무소 숙직실에 데려와서 TV시청과 학습지를 혼자 스스로하게 하고 저녁 10시까지 근무하다가 퇴근 후 아침 준비와 빨래를 하고 다시 카드 정리를 하는 반복적인 생활을 하다가 다른 곳으로 발령이 났다.

그런데 하필 나의 후임이 이제 막 들어온 신규 직원이었다.

아파트 입주로 정리해야 될 밀린 카드가 2개의 캐비넷에 가득 차 있었다.

발령 나면 후임이 알아서 하든지, 다른 직원이 투입되어 해야 될 입장이지만 발령 났다고 신규직원에게 미결을 나몰라라 할 수도 없고 참 힘든 상황이었다.

강동구에 발령 나기 전에 인사과에 근무한 적이 있었다. 인사과는 발령일로 부터 인사기록 카드실에 절대 들어갈 수 없었다. 그런데 미결 카드를 정리하려면 퇴근 후 전 직장을 다시 방문해야만 했다. 물론 사전에

양해를 구했지만, 현 근무지에서 2달 동안 퇴근 후 매일 아침저녁으로 고덕1동을 방문했다.

그때나 지금이나 공무원에게 갑자기 늘어난 업무는 모두 담당자 책임이었고 도와줄 인력은 없었다. 그때 당시 고덕1동장은 심재풍 동장이었다. 다행이 미결된 일들을 직원들이 도와줄 수 있도록 심재풍 동장님께서 직원들에게 업무 분담 지시를 내려주셔서 일은 일사천리로 진행되었다.

그 많던 미결의 카드정리, 카드 꽂기, 신고서 철하기 등이 빨리 마무리 될 수 있도록 해주신 격려와 직원들의 지원이 없었더라면 참 힘들었을 것이다. 그 당시 함께 근무했던 직원들의 고마움을 잊을 수 없다. 특히 심재풍 동장님의 리더십 발휘는 대단했었다.

무슨 일이든지 함께 할 수 있도록 말씀을 참 잘하신다. 본받고 싶은 면이 참 많으신 분이었다. 안되거나 하기 싫고 귀찮은 일도 심재풍 동장님의 말씀을 들으면 어느새 '해봐야지' 하는 생각이 든다.

한번은 이런 일도 있었다. 정리된 카드를 갖다 주고 아들을 유치원에 데려다 주고 나왔었다. 지금 가면 지각하겠다고 말씀하시며 옮긴 직장으로 손수 운전하시면서 출근 시켜주셨던 자상한 동장님…

측은지심이 많은 그 당시 심재풍 동장님을 잊을 수 없다. 고덕1동에 있을 때 친정·시아버님이 일찍 돌아가셔서 할아버지 정을 느끼지 못했을 때 5살 어린 아들에게 할아버지로서의 다정한 모습을 보여주어 "엄마 왜 나는 할아버지가 없어?"하던 우리 아들은 당시 심재풍 동장님을 "할아버지, 할아버지" 하고 따르곤 했었다.

내가 아파 병원에 다니며 검사실에 들어가는 나를 격려해주시며 나는 건강하니까 내 손잡고 기를 받으라고 손을 꼭 잡아주셨다. 또 걱정하지 말라시며 마치 친정아버지처럼 위로해주셨는데 정작 본인이 편찮을 때는 한 번도 알려주지 않아서 퇴원 후 나중에 알게 되어 너무 미안했었다.

항상 건강 걱정해주시고 근무할 때 힘들지 않느냐고, 많이 힘드냐고, 마치 친정아버지처럼 내편이 되어주셨다. 발령·승진할 때 기뻐해주시고, 직원 관리하는 방법을 가르쳐주시며 어려운 사람들 도와주는 방법을 아버지처럼, 선생님처럼, 나의 멘토가 되셨다.

내 컴퓨터에 어르신 성함 치면 칠순 잔치 초대장 사진이 뜬다. 화목한 가족사진으로 초대장을 만들어 더욱 인상 깊었다.
내년이 팔순이라 생신 때 꼭 뵐 수 있겠지 생각했는데...

시원시원하고 힘차게 들려 주셨던 말씀들이 앞으로는 가물가물 생각이 안 나겠지...
목소리도 기억나지 않겠지...
앞으로도 더 오랫동안 만나 뵐 수 있을 것 같았는데...
너무 황망하다.

지금도 누가 심재풍씨 하면 휙 뒤 돌아보게 된다.

2015. 07. 01.

천호1동 신영자 동장

×××

184

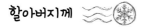

간밤에 설친 잠에서 깨고 나면 꿈속에서 보았던 것 들었던 것 꿈이었구나하기도 전에 순식간에 머릿속에서 지워지며 하루가 시작돼요. 분명서너 시간의 짧지 않은 서사가 지나갔을 터인데 전생을 기억 못 하듯 도무지 생각이 나지 않는 저 먼 세계의 이야기가 되곤 하죠. 그래서 한바탕 꿈이라고들 하나봐요.

그렇지만 아쉬움에서인지 미안함에서인지 이제는 꽤 많은 시간이 지난 그 날 밤 꿈속에서의 일만큼은 도무지 잊혀지지가 않아요. 할아버지 품에 안겨 '참 많이 감사했습니다.'를 연거푸 반복하다가 큰 소리로 간호사를 부르던 그 날의 꿈만큼은 바로 몇 시간 전 깨어난 꿈속의 일보다 몇 배는 더 선명하게 기억이 납니다. 그렇게 꿈속에서 당신을 보내드려야 했습니다. 할아버지.

지금도 때 늦은 후회를 하곤 해요. 그 날 밤 기묘한 기분에서 깨어났을 때 가족들에게 전화를 했다면 어쩌면 지금도 우리 곁에 계시진 않을까 아니 적어도 마지막으로 보셨을 세상에 아버지께서 함께 하실 수 있었을 텐데 하는 후회 말이죠. 그래서 습관이 하나 생겼어요. 매일 아침잠에서 깨고 나면 어젯밤 내 꿈속에서는 무슨 일이 있었는지 다시 한 번 떠올려 보는.

사람들은 말하죠. 모두가 다 겪는 일이라고. 빨리 이겨내고 제게 주어진 일을 하는 게 고인도 원하시는 일이라고 말이에요. 그렇지만 할아버지께서 그토록 그리워하시던 고덕동 집이 아닌 낯선 병실에서 홀로 죽음을 맞게 한 제 자신이 쉽게 용서되지 않아요. 항상 건강하실 줄 알고 휴가 때마다 놀기 바빴던 철없던 지난날들도 평생 지울 수 없는 죄가 될 거에요. 그 무시무시했던 중병들도 다 털어내시고 이겨내셨던 할아버지시기에 이번에도 별 탈 없이 지나갈 거라며 후레자식 같이, 자기 위안을 하며 놀기 바쁘던 저는 아버지와 할아버지를 닮지 못했나 봅니다.

할아버지를 잃은 제 슬픔도 이러한데 아버지를 잃으신 아버지의 슬픔은 차마 말로 다 할 수 없었습니다. 가족들 앞이라 마음껏 울지도 못하시던 아버지의 뒷모습은 그 어느 때보다도 작고 초라해 보였어요.

저 작은 어깨로 우리 식구들을 여태 짊어지고 오셨나하는 미안함과 안쓰러움마저 들만큼. 오래전 동아할아버지께서 우리 곁을 떠나셨을 때 마지막으로 보았던 아버지의 눈물이 하염없이 소리 없이 흐르던 날 이젠 내가 아버지를 안아 드려야겠다는 생각이 들었어요. 차가운 병실의 쓸쓸함과 집에 대한 향수로 힘들어하시던 할아버지 이제 그만 집으로 모시고 가면 안 되겠냐고 수차례 아버지께 말씀드렸지만 마지막으로 온전하신 할아버지 모습 잠깐이라도 뵙고 싶다던 아버지의 효심만은 꺾을 수 없었어요. 그런 아버지, 제가 잘 모실게요. 할아버지.

아버지는 말없이 안아드렸지만 어머니껜 수고 많았다는 말부터 했어요. 일 많고 사람 많은 종갓집 맏며느리로 살아오셨던 지난 25년의 시간이 늘 안쓰럽게 느껴졌거든요. 외갓집 어른들께서는 일찍 어머니 곁을 떠나셔서인지 할아버지 할머니께서는 어머니께 친부모셨나 봐요. 남들은 시부모님 간호하다가 심심치 않게 부부싸움도 한다는데 군대에 있는 제게 늘 할아버지 안부를 전해주시며 함께 마음 아파하셨거든요. 그러면서도 좀 더 일찍 할아버지 모시지 못해 낯이 없다며 증조할아버지 산소 앞에서 많이 우셨어요. 할아버지 보내드리고 오랜만에 성남에 계신 증조할아버지를 찾아뵙는데 화가 많이 나셨는지 차례를 지내자마자 천둥이 치며 소낙비가 쏟아졌어요. 가족들 다 보내고 어머니께서는 당신한테 화가 나신 거라며 하염없이 묘소 앞에서 울며 증조할아버지께 사죄하셨어요. 가엾은 우리 어머니, 이젠 좀 호강시켜드려도 괜찮겠죠, 할아버지?

　노총각으로 살까봐 걱정하셨지만 얼마 전 쌍둥이 아버지가 된 삼촌이 아버지께 큰 힘이 되고 있어요. 항상 아버지 편에 서서 모든 일에 나서겠다는 삼촌이 있어 얼마나 든든한지 몰라요. 쌍둥이는 잘 크고 있어요. 저와 닮은 규민이는 이제 목을 잘 가누어서 앉혀 놓아도 곧잘 버티고, 규명이는 수시로 뒤집기를 하고 있어요. 할아버지 품에 오래있지 못한 가여움 때문인지 정이 많이 가고 또 그만큼 더 잘해주고 싶단 생각이 들어요. 빨리 취업해서 애기들 용돈도 많이 주려고요. 애기들 보면 조금만 더 일찍 태어났으면 할아버지께서 많이 예뻐하셨겠다 하는 아쉬움이 들어요.

　　　　　　예전에는 할아버지, 할머니와 우리 네 식구 함께 하는 게 참 당연하고 익숙했는데… 이젠 작은 집이 생겨 또 하나의 가족이 생긴 느낌이에요. 덕분에 우리 네 식구 외롭지 않을 것 같아 다행이에요. 늘 지금처럼 할아버지 품 안에 함께 한다고 생각하며 어린 손자들 사랑으로 보살필게요. 할아버지.

고모들은 서운하기도 하지만 가장 안쓰러워요. 때때로 아버지와 다른 생각 때문에 심심치 않게 부딪쳤던 걸 생각하면 서운한 마음을 감출 수 없지만, 힘든 세상 유일한 버팀목을 잃은 어린 양들 같아 냉정해지지 못하시는 아버지 마음도 십분 이해가 가요. 게다가 이제 더 이상 가족으로 얽힐 수 없을지 모른다는 생각에 아쉬움도 많아요. 때로는 밉기도 했었고, 때때로 불편한 관계로 상처도 많이 받았지만 할아버지 걱정 안하시게 아버지와 같이 품고 갈게요 할아버지.

누구들은 말하죠. 나약한 눈물 이제 그만 보이라고. 다 걱정에서 비롯된 거겠지만 저는 알고 있어요. 저와 아버지 눈에서 흐르는 눈물이 결코 나약함이 아니라는 걸요. 남들은 쉽게 알지 못하는 우리 집 남자들끼리만 단단하게 엮여있는 고요한 사랑을요. 가장으로서의 무거움과 장남으로서의 책임감, 그리고 장손이 느껴야할 감사함이 한데 어우러져 서로에게 때로는 든든함으로 또 대견함으로 슬픔으로 존재한다는 걸 아무도 모르겠죠. 역시 아버지는 참 강한 분이십니다. 천붕의 슬픔 속에서 가족들 마음을 가장 먼저 살피시고 미래를 준비하시며 누구보다 성숙하게 할아버지를 보내 드리셨어요. 그런 우리 부자는 머지않아 다시 강건하게 일어나 할아버지께서 남겨주고 가신 것들을 지켜나갈 테니 너무 걱정 마세요 할아버지.

지난 달 마지막으로 할아버지 뵈었을 때 "규덕아 울지마"라고 힘든 한 마디 남기셨던 할아버지.
지금도 이렇게 눈물이 날 때면 높은 곳에서 마음 아파하실 할아버지 생각하면 그만 슬퍼해야지 하는 생각도 들지만, 당분간은 슬픔 속에서도 한 번 살아보려 합니다. 할아버지 슬하에서 온 가족의 부러움을 받으며 지내온 지난 20년의 시간 동안, 한 번도 받은 사랑 보답 못하고 보내드 렸는데...

이렇게 눈물로라도 죄송함을 다시 한 번 새기고 기억하며 살아야겠어 요. 그렇지만 너무 걱정 마세요.

할아버지 품에 안겨 울며 드렸던 약속들 잊지 않고 모두 다 이뤄내고 갈게요. 할아버지.

추운 겨울이 지나가니 또 꽃 피는 봄이 오고 변치 않는 세상의 이치를 바라보며 참 많은 생각을 하게 되네요. 할아버지를 닮은 아버지께 아버 지를 닮은 아들이 되겠습니다. 그리고 오랜 시간 후에 후손들에게 아버 지 같은 아버지가 되어, 또 할아버지 같은 할아버지가 되어, 받은 사랑 과 믿음을 남김없이 베풀고 갈게요.

항상 제게 존경스럽고 한없이 드높으셨던 할아버지. 이제는 평생 결코 닿지 못할 높은 곳에서 사랑하는 가족들 내려다보고 계실 할아버지. 가 장으로서 무거우셨던 짐 이제 그만 내려놓으시고 아름다운 곳에서 저희 기다리고 계신다고 믿을게요.

참 많이 사랑하고 감사했습니다, 할아버지. 보고 싶어요.

27世 孫子 奎憲 올림

부 록

강동구의회 속기록

×××

일 시 : 1995년 12월 12일 (화) 10시
장 소 : 본회의장
제 목 : 하일동 개발문제

도시건설위원회 심재풍의원입니다.

존경하옵는 이기영 의장님을 비롯해서 선배의원님과 동료의원님 그리고 강동구 행정을 책임지고 구정을 전개하시는 김충환 구청장님을 위시해서 관계 공무원 여러분과 강동을 아끼시는 마음으로 회의장에 참석해 주신 주민 여러분께 진심으로 감사의 말씀을 드리면서 구청장님께 질의할 주요내용은 하일동 개발문제가 되겠습니다.

하일동은 1968년도 서울시 성동, 동대문 구청을 포함해서 서울시 9개 구청에서 철거 이주 정착지인데 그후 1971년도 정부시책에 의거 그린벨트로 설정되어 약 30여 년간 모든 규제 속에서 어렵게 살아온 영세민 밀집지역이며 또한 지하철 5호선 시발지이며 중부고속도로 인접지이며 광주, 이천에서 유입되는 강동에 관문이기도 한 지역입니다.

그동안 염보현 시장을 비롯하여 여러분의 시장등이 개발계획을 추진해 왔습니다.

그러나 지역의 문제를 바로 인식하고 주민편에 서서 꾸준히 수행할 조직이나 일꾼이 없어서 모두 수포로 돌아가고 말았습니다.

현재처럼 낙후된 상태로 지역에 대한 애착이나 희망이 없는 상태로 살고 있습니다.

이제는 지방자치시대가 열렸기에 여기 모인 우리 모두가 지역의 발전을 위해 머리를 맞대고 발전계획도 수립해야 될 상황이 아닌가 생각됩니다.

구청장님께서 누차 하일지역을 살피신 것으로 본 의원은 알고 있는데 하일동 문제에 대한 구청장의 개발구도와 민선 구청장으로서 다음 질문에 대한 성실한 답변을 부탁을 드리겠습니다.

첫째, 강동구 지역에 설정되어 있는 그린벨트 규제에 대한 구청장님의 기본적인 견해를 말씀해 주시기 바랍니다.

둘째, 30여년간 규제와 제약 속에서 생활의 질과 재산상의 불이익을 감수하며 살고 있는 지역 주민을 위해 잃어버린 권익을 보장할 수 있는 방안을 강구하셨다면 이 기회에 공개해 주시기 바랍니다.

섯째, 강동구 전 지역을 균형있게 발전시키면서 재정 자립도를 높여야 하는 것도 절대 절명의 현실인데 단체장에게 위임된 그린벨트 활용방안을 적극적 또는 긍정적으로 검토할 의지는 없는지요?

있다면 어떠한 사안을 어느 정도 검토 진척되고 있는지 답변해 주시기를 바라면서 끝으로 하일동에 복지시설이 전무하여 복지회관 건립이 추진되던 바 예산 배정이 제대로 되지 않아 추진되지 못하였고 지역의 실정을 잘 아는 일반인이 복지 시설로 어린이집을 짓고 있는 상황입니다.

물론 어린이집이 지역에 일정에 기여는 하게 될 것이지만 이에 반해 지역 주민을 위한 복지정책은 전혀 입안되지 않았는데 이에 구청장의 계획이나 구상은 어떠한 것이 있는지 답변해 주시기 바랍니다.

본의원의 질문을 끝까지 경청해 주신 여러분께 진심으로 감사를 드리며 본의원의 질문을 마치겠습니다.

감사합니다.

일 시 : 1996년 06월 14일 (금) 10시
장 소 : 본회의장
제 목 : 도시계획시설 변경

도시건설위원회 심재풍의원입니다.

존경하옵는 이기영의장님과 또한 선배동료의원 여러분 김충환 구청장님을 비롯해서 구.동 1,500여 공무원이 구민의 편의를 제공하기 위하여 불철주야 노고를 아끼지 않고 도로확장 공사라든가 또한 한영고교 앞 육교가설공사에 공기나 안전관리에 철저를 기해주시는 관계자 여러분께 강동구 52만 주민을 대표해서 진심으로 감사에 말씀을 드리면서 구청장님께 질문을 드리는 방향으로 하겠습니다.

질문드릴 내용은 고덕, 하일동간 도로확장 토지수용건에 대하여 질문을 드리겠습니다.

능곡교 하일동 643번지에서 하일동 입구 606번지까지 도로확장계획은 약 10여년전에 도시계획선을 결정하였는데 그 당시는 병목현상을 해결하기 위하여 도시계획선을 결정하였는데 그당시는 현위치가 약 4.5m의 절개지 저지대로 답으로 형성되어 있을 당시 입니다.

그때 계획선을 긋고 1994년 현 위치는 상습 침수지역으로 우기에 농작물에 피해가 빈번했던 지역이라 전지주들의 협의 하에 구청에 어려운 여건 속에서도 매립 성토허가를 득하여 1994년말 성토가 완료된 지역인데 성토가 되지 않은 상태에서는 도로폭 25m를 조성키 위하여 노폭 30m를 수용해야만 도로법면과 더불어 도로폭 25m가 형성되지만 현 위치를 전면 매립 성토되어 현재는 노폭 25m만 수용하면 25m도로가 조성되게 되어 있는데 구태여 30m를 수용하려 하는 것은 민선 구청장으로써 선량한 농민의 피해를 전가하는 격이고 또한 불필요한 토지수용과 동시에 도로측면 시유지를 거쳐 영농토록 되어 있어 지주들의 불편을 초래함은 물론 현재 도시계획에 불필요한 토지를 수용한다 해서 금년 연초부터 본의원은 도시계획시설변경을 요청했음에도 불구하고 변경이 되지않아 금년 3월중순경 해당 부서 도로과장, 도시건설과장 또한 도시계획과장과 한자리에서 모여 해결방안을 연구와 동시 민원을 제기했던 바 있습니다. 또 도시계획시설변경을 촉구했던 바 도로과장이 상세한 내용을 파악 도시계획시설변경 협조공문을 발송했으나 협의가 이루어지지 않고 도시계획과에서 답변이 도시계획시설변경을 하려면 구청장의 방침을 득하기 바람으로 끝이 나버렸습니다.

실례를 들어서 말씀드리겠습니다.

토목과장은 현지를 조사해서 1996년 3월 16일자로 도시계획시설변경

결정 검토요청을 의뢰했습니다.

서울시 고시 제229호 84년 4월 26일로 도시계획시설결정 및 변경결정 되고 서울시 고시 제327호 84년 6월 2일로 지적 승인된 고덕동, 하일동간 도로 일부 구간을 96년도 도로확장 추진 중에 있습니다.

본 도로에 대하여 도로폭에 대한 민원이 있어 검토한 바 당초 도로 결정시에는 폭 25m로 결정하고 인접 저지대 농경지에 경사면을 포함 30m로 지적 승인되었으나 인접 농지가 매립 성토됨으로 도로경사면이 불필요한 여건 변동이 발생되었습니다.

현재 주변 연결도로망은 25m로써 일부 구간에 폭 30m 확보가 불필요할 것으로 보아 도시계획시설 변경결정 요청하오니 검토후 조치해 주시기 바랍니다라고 도시계획과로 공문을 의뢰했습니다.

도시계획과에서는 거기에 대한 답변을 1996년 4월 4일자로 위 관내 고덕동 하일동간 도시계획시설 도로변경결정 요청한 사항에 대하여 다음과 같이 회시합니다.

동 도로계획시설 도로는 장래에 도로 수요와 개발 여건을 고려하여 현행대로 추진함이 바람직할 것으로 사료되며 차후 도시계획변경 필요시에는 구청장 방침을 득하여 우리과로 통보해 주시기 바람. 이렇게 끝났습니다.

그러나 제 소견으로는 도시계획과장이 도시계획시설변경을 재결요청을 했으리라고 믿고 있습니다. 다만 회시가 이렇게 끝났습니다.

현재 민원을 제기하면 부서 간에 협조가 거의 무책임하고 행정편의적이고 무사안일하게 처리되는 것이 현 공무원의 자세인 것 같은데 풀뿌리 민주주의가 정착되고 자치행정을 전개하면서 전 공무원은 좀 더 능동적이고 적극적인 자세가 필요한 때가 아닌가 생각도 해봅니다.

상일동 도로폭도 25m이고 또한 고덕동 뒷길 확장계획도 25m인데 이 지역만 노폭 30m를 수용하는데 25m도로 조성 후 잔여 5m폭의 토지사용 목적은 무엇인지 구청장님께서 답변해 주시기 바랍니다.

두번째로 토지수용법 제1조 목적이라든가 동법 제5조 토지수용의 제한 토지를 수용 또는 사용할 수 있는 사업에 이용되고 있는 토지를 특별한 필요가 있을 경우가 아니면 이를 수용 또는 사용할 수 없다라고 되어 있고 또한 동법 제18조(사업에 폐지와 변경)가 있는데 이러한 행위는 도로 확장 토지수용법에 위배되는 행위가 아닌지 답변해 주시기 바라며 마지막으로 이 공사를 추진하면서 이러한 여건 속에서도 구청장께서 구재정자립도가 56%밖에 되지 않는 실정에서 목적이나 필요성이 없는 토지를 수용하려 하는데 구청에서는 도시계획시설 변경할 용의는 없는지 구청장께서는 확실한 답변을 해주시기 바랍니다.

본의원의 질문을 끝까지 경청해주신 관계자 여러분께 진심으로 감사의 말씀을 드리면서 본의원의 질문을 모두 마치겠습니다.

감사합니다.

> **일 시 :** 1996년 06월 15일 (토) 10시
> **장 소 :** 본회의장
> **제 목 :** 보충질의

도시건설위원회 심재풍의원입니다.

연일 계속되는 구정질의에 구청장님을 비롯해서 각 국장님께서 장시간 의원들의 질의에 성실한 답변을 해주신데 대하여 우선 감사의 말씀을 드리면서 본의원의 질의에 답변중 이해하기 어려운 부분이 있어 보충질의 하게 됨을 죄송스럽게 생각하면서 본의원의 질의시 충실한 내용과 질의요지가 충분히 전달될 수 있도록 의사표현을 했어야 충실한 답변이 나오는데 의사전달이 미흡한데 아주 송구스럽게 생각하면서 보충질의를 하겠습니다.

하일동은 그린벨트로 묶인지 약 30년이 되었습니다.

그 후 사업계획이 1984년도에 결정되어 약 10여년간 흘러오다가 비로소 이제 사업이 추진 중에 있으며 구청장께서는 기왕 도시계획시설 결정이 되어 있으니 행정편의한 대로 싼값으로 수용해서 목적없이 방치했다가 이다음 필요한 데 사용하겠다고 말씀하셨는데 싸게 수용하면 그 피해는 누구에게 돌아가겠습니까?

또 구청장은 누구를 위한 행정을 전개하십니까?

또 토지수용 예산도 시 예산을 영달받아 사업을 추진하고 있는 줄 본의원도 알고 있으며 추진 경위도 본의원이 잘 알고 있습니다.

또 하일동을 전면적으로 개발하여야 하는데 상일동길도 25m이고 고덕동 뒷길 확장 계획도 25m이니까 양측 도로에서 차량이 합류 유입하면

많은 토지를 수용해야 한다고 말씀하셨는데 사업 목적이나 꼭 필요한 토지는 더 수용하고 또 지주들은 협의해야지요.

그러나 본의원이 민원을 제기한 위치는 상일동길 상일동에서 하일동으로 들어가면 제일 끝 부분인데 그런데도 불구하고 상일동길 또 고덕동 뒷길에서 합류 하일동 유입되는 위치를 답변해주신데 본의원의 질의와는 너무나도 상이한 답변이 아닌가 생각되며 동문서답 격이 되어 버렸습니다.

본의원의 질의 요지는 도로 조성 후에 5m 잔여 토지의 사용 목적과 또 토지 수용에 있어서 토지수용법 제1조 목적이라든가 동법 제5조 수용에 대한 동법 제18조 사업의 폐지 및 변경법에 위배되는 행위가 아니냐고 물었습니다.

그래서 앞으로도 도시계획 시설 변경할 용의는 없느냐고 질의 했습니다.

또 도시계획선을 10년전에 결정했고 10년이 지난 지금 사업을 추진하는데 현 입지적인 여건을 감안해서 능동적으로 도시계획선을 변경을 했어야 함에도 불구하고 사업을 그대로 추진하려고 하니 이것이 바로 안일무사 행정 편의주의적 행정이 아니냐고 물었습니다.

본의원이 질의 당시에 표현력이 부족해서 질의 내용이 미흡했다 하더라도 구청장께서 다시 한 번 충실한 답변을 해주시기를 당부드리면서 보충질의를 마치겠습니다.

감사합니다.

일 시 : 1996년 11월 25일 (월) 10시
장 소 : 본회의장
제 목 : 민원행정 편이제공

도시건설위원회 심재풍의원입니다.

훌륭하신 이기영 의장님을 비롯해서 선배동료의원 여러분께서 5분 발언대에 서게끔 지도해주신 데 대하여 감사를 드리면서 구청장님을 위시해서 관계공무원 여러분들께서 공직에 있을 때나 의정활동을 전개하는 데 측면에서 관심을 갖고 지켜봐 주신데 대하여 진심으로 감사의 말씀을 드리는 바입니다.

본의원의 발언내용은 민원행정 편이제공 문제가 되겠습니다.

우리 강동구청에서는 민선자치 행정을 전개하면서 강동구민의 민원편이 제공을 하기 위하여 시민봉사실에 직원 배치와 주민편이시설을잘 만들어 편이를 제공해 주시는 것을 잘알고 있으며 또한 활용도 잘하고 있는줄 본의원은 알고 있습니다.

그러나 각 실과를 순회 점검한 결과 다 잘되고 있는 것 같으나 본의원이 차량등록을 하려고 교통행정과 차량등록계에 민원처리차 등청했더니 직원들이 열심히 업무를 전개하고 있으나 우선 집무실이 너무나 협소한 느낌을 가졌고 차량등록 업무가 즉석에서 여러 가지 처리과정을 거쳐야 함으로 직원들도 업무량이 타 실과의 업무에 비하여 너무나 복잡한 감이 있으며 민원인들이 장시간 기다려야 하며 전부 서서 기다림으로 민원인들이 조급하게 서두르고 또한 직원들과 불쾌한 어조로 입씨름을 가끔 하는 것을 저는 보았습니다.

차량등록계 업무량과 민원접수 건수와 처리과정을 철저히 조사하여 집무실 환경개선과 직원 증원배치와 더불어 방문 민원인들의 불편이 없도록 조치함이 시급하지 않나해서 적출해서 시정을 촉구합니다.

물론 구청장님을 비롯해서 간부님들이 잘 하시리라고는 믿습니다.

구청에 내동하신 민원인이 불편을 내포하고 귀가하신다면 민원편이 행정을 전개한다면서 아무리 잘되어도 어느 한곳이 잘못 된다면 잘한 업적은 무너지고 잘못된 것만 노출되는 것이니 균형있는 집무실 배치와 또한 신속처리가 될수 있는 방안을 연구 검토할 필요가 있지않나 해서 지적하는 바입니다.

저의 발언을 끝까지 경청해주신 관계관 여러분께 감사를 드리면서 이만 마치겠습니다.

감사합니다.

일 시 : 1996년 12월 19일 (목) 10시
장 소 : 본회의장
제 목 : 100년 또는 200년 대비 완벽한도시계획

도시건설위원회 심재풍의원입니다.

존경하는 이기영 의장님과 선배, 동료의원 여러분!

그리고 김충환 구청장님을 비롯해서 관계 공무원들께서 52만 구민의 생활복지와 지역발전에 헌신 노력해주신 데 대하여 지역주민을 대표해서 우선 진심으로 감사의 말씀을 드리는바 입니다.

× × ×

상일동 길 하일동 능곡교부터 하일동 입구까지 도로확장 공사를 현재 추진 중에 있는데 보상비가 10억원이고 공사비가 9억 900만원을 들여서 노폭 25m에 연장 약 200m를 공사하는데 기존 도로까지 노면을 낮추어 접도 주택에 피해가 없도록 잘 추진되고 있는데 도로 폭 25m를 조성하고 필요없는 노폭 5m를 더 수용해서 앞으로 활용 가치가 있다면 싸게 매입해서 추후에 활용할 계획이라고 구청장님께서 구정 질의시 답변하신 바도 있습니다.

법은 전 국민이 형평에 맞게 적용되어야 함에도 불구하고 상일동에서 하일동 방향으로 차를 몰고 가려면 능곡교 앞에서 우회해서 가게되어 있고 또한 하일동에서 해태백화점 앞으로 오려면 서울승합 차고지에서 우회하여야 하는데 시계가 가리도록 도시계획이 되어 있어 앞으로 차량통행에 불편을 초래하고 또한 시계가 가리므로 사고다발 지역이 되지 않겠나 하는 우려의 생각이 앞서게 됩니다.

본의원의 생각으로서는 상일동에서 하일동으로 진입하는데 우회가 적도록 또한 가각 정리를 해서 앞으로 100년 또는 200년 대비 완벽한 도시계획을 하여야 하는데 선량한 농민의 토지는 필요이상 강제 수용을 하면서 어느 특정회사에 특혜를 주는 것처럼 도시계획이 잘못된 공사가 추진되고 있는데 현 시점에서 바로 잡아 주민들의 원성을 사전에 대처할수는 없을까 하는 생각이 들어 적출 지적하는 바입니다.

구청장님과 관계 담당공무원들이 현장조사를 철저히 해서 공사 기간 내에 적은 예산을 들여서 구민 어느 누가 지나가면서 불편을 느끼지 않고 또한 행정관서에 의혹을 받지 않도록 사전에 대처함이 필요하지 않나 하는 생각이 들어 지적을 하면서 시정을 촉구하는 바입니다.

본의원의 발언을 끝까지 경청해 주신 관계관여러분께 감사를 드리면서 5분 발언을 마치겠습니다.

감사합니다.

일 시 : 1996년 12월 27일 (금) 10시
장 소 : 본회의장
제 목 : 기구개편

도시건설위원회 심재풍의원입니다.

존경하는 이기영 의장님과 선배동료의원 여러분 그리고 김충환 구청장님을 비롯해서 관계공무원 여러분들께서 구정에 전반적인 행정감사와 예산심의에 적극 협조해주신 노고에 대하여 우선 감사의 말씀을 드리는 바입니다.

병자년 한해도 며칠 남지 않았습니다.

금년에 전개된 모든 업무가 유종의 미를 거둘 수 있도록 적극 노력해 주시기를 당부드리면서 본의원의 발언내용은 기구개편 사항입니다.

우리 강동구는 도시관리국내에 주택과, 도시계획과, 교통행정과, 주차관리과, 건축과 5개과로 편제되어 있고 또 건설국은 건설관리과, 도로과, 하수과, 공원녹지과 4개과로 편제되어 행정을 전개하고 있습니다. 그런데 상부부서는 건설교통부로 편제되어 있으므로 우리 강동구도 상부 부서에 맞추어 행정편의와 원활한 행정의 기능을 발휘하기 위하여 건설국내에 공원녹지과를 도시관리국으로 또한 교통행정과, 주차관리과를

건설국내로 기구개편을 해서 구정을 전개함이 타당하지 않나 하는 의문점이 제기되어 지적하면서 서울시 25개 구청을 조사한바 인근 광진구를 포함해서 6개 구청이 이미 기구개편을 해서 운영하는데 부서 간 협조가 원활하고 신속 처리되는 것으로 확인되었습니다.

본의원이 지적하오니 좀 더 깊이있는 연구검토 후 타당성이 있다면 우리 강동구도 추진해주시기를 건의하면서 본의원의 5분발언을 끝까지 경청해주신 관계관 여러분께 진심으로 감사를 드리면서 5분발언을 마치겠습니다.

감사합니다.

일 시 : 1997년 12월 10일 (수) 10시
장 소 : 본회의장
제 목 : 주거환경개선 사업 토지환매권 등

존경하는 박성직 의장을 비롯해서 선배동료의원 여러분과 그리고 구청장님을 비롯한 관계공무원 여러분과 또한 저희들의 의정활동을 지켜봐 주시기 위하여 참석해 주신 방청객 여러분 안녕하십니까?

저는 하일동 출신이며 도시건설위원회 심재풍의원입니다.

어느덧 금년 한해도 얼마 남지 않은 이 시점에서 국내외적으로 어려운 경제 여건 속에서도 구정 자립도가 낮은데도 불구하고 구정을 잘 전개해 주시고 또한 금년도 행정 종합감사를 준비해 주신데 대하여 김충환 구청장님을 비롯해서 관계공무원 여러분께 진심으로 감사의 말씀을 드리는 바입니다.

저의 질문의 요지는 간단하게 몇 가지 질문을 드리겠습니다.

첫번째, 하일동 304-2호 주거환경개선 사업에 대하여 몇 가지 질의를 하고자 합니다.

하일동 주거환경개선 사업 지구는 1968년 흥인동 화재로 인하여 이주 정착한 주민으로 매년 우기에 침수가 되어 상습 침수 지역으로 되어 있어서 지역 주민과 행정 관서에서는 상습 침수 지역을 해결해 보자는 차원에서 시작이 되었습니다.

하일동 304-2 주거환경개선 사업은 1992년4월19일 서울특별시 제1992-96호로 도시계획안이 공고되었고 동년 1992년11월12일 건설부제1992-599호로 지구지정 고시되었습니다.

건물 74동 중 자진이주 및 강제철거로 52동이 철거되었으며, 현재 22동이 미 이주상태에 있으나 구청에서 총 사업비 6억 6,600만원을 투자 시행중에 94년도 예산중 옹벽 및 암거공사비로 약 4억원의 예산을 집행하였으며 96년도 예산 진입도로 및 상하수도 공사비 3억 5,000만원을 공사계약을 1996년10월26일 한미토건(주)와 계약체결 후 공기가 다 지나가도록 사업을 추진하지 않고 중단된 채 방치하고 있는데 현 시점에서 볼 때 집행예산을 어떻게 할 것이며 또한 누가 책임을 지고 변제할 것인가에 대하여 답변해 주시기 바랍니다.

또한 지역주민들은 사업이 원만히 이루어질 것을 믿고 이주후 철거를 하고 은행에서 융자금을 얻어서 세입을 하고 있으나 은행 융자금이자와 또한 월세금을 포함해서 계속적으로 피해가 누적되고 있는데 이것을 어떻게 조치할 것이며 또 누가 책임을 지고 보상을 할 것인지에 대해서 구청장님께서 확고한 답변을 해주시기 바랍니다.

　또한 행정관서에서 무계획적이며 또한 안일한 행정편의주의적 행정을 전개하고 있는데 앞으로 현명하신 구청장님의 탁월한 의지와 추진계획이 있다면 지역 주민의 피해가 최소화될 수 있는 추진계획을 말씀해 주시기 부탁드립니다.

　또 두번째로 토지환매권에 대해서 질문을 드리겠습니다.

　도시계획 사업인 하일동 606에서 643번지까지 상일동길 도로확장 공사로 1984년에 도시계획 결정을 하고 10년이 지난 1995년 토지수용법에 의거 대상토지를 수용하고 1996년에 도로확장 공사를 시공후 완공하고 준공검사를 필한 후 잔여토지는 사업 사용목적외에 수용한 토지이므로 토지수용법 제5조(수용에 제한)에 위배되는 행위이며 또한 도시계획후 10년이 지난 시점에 사업을 추진할 때 현지를 답사 확인하고 토지수용법 제18조(사업에 폐지 및 변경)에 의거 능동적으로 추진해야 함에도 불구하고 안일한 행정을 전개 했을뿐더러 또한 작년말 구정질문시 구청장께서는 땅값이 쌀 때 수용을 했다가 이다음 유효적절히 사용하겠다고 말씀하신 것을 기억하리라 생각됩니다.

　이러한 행정은 선량한 농민의 재산을 착취하는 행위로밖에 볼 수 없습니다.

　토지수용법 제71조(환매권)에 의해서 공사 완료후 1년을 방치 했을 경우 구청장께서는 사업목적외에 수용토지이므로 전 소유자에게 환매통보를 하고 행정조치를 해야 함에도 불구하고 현재까지 방치하고 있는데 이는 바로 행정편의 주의적 행위이며 또한 무사안일한 행정처사가 아니고 무엇이겠습니까?

구청장께서는 본 잔여토지에 대하여 어떻게 조치할 것인지에 대하여 관계 국, 과장과 협의하시어 명확한 답변을 해주시기 바라면서 저의 구정질문을 끝까지 경청해 주신 관계관 여러분께 진심으로 감사를 드리면서 구정질문을 모두 마치겠습니다.

감사합니다.

일 시 : 1998년 04월 01일 (수) 10시
장 소 : 본회의장
제 목 : 그린벨트내에 거주 주민의 피해를 극소화

도시건설위원회 심재풍의원입니다.

존경하는 박성직 의장님을 비롯해서 선배동료의원 여러분과 또한 김충환구청장님을 위시해서 관계공무원 여러분께서 강동구 50만 구민의 복지증진과 강동구 전지역 지역발전에 노력해주신데 대하여 이 자리를 빌어 진심으로 감사의 말씀을 드리는 바입니다. 어느덧 저의 의정활동 임기도 거의 마무리 단계에 접어들면서 마지막 발언을 하게 된 것을 무한한 영광으로 생각하면서 발언내용은 그린벨트지역내에 행정사각지대를 지적하면서 방향을 제시하고자 합니다.

올림픽대로 즉 강변도로를 개설하면서 약 18년전부터 가래여울마을을 포함해서 농경지 약 5만 4,000평이 하천부지로 책정되어 그 지역주민들은 재산권 행사도 못하고 주택을 증개축 그리고 보수도 하지 못해 누차 진정이나 또는 정부에 사업시행으로 강제수용 할 때 소송도 제기해 보았

으나 선량한 농민은 정부와 싸워서 이 익을 보지 못하는 것을 안타까운 생각 끝에 미약한 본 의원은 지역주민과 더불어 1997년 연초부터 서울시 치수과와 건설부에 누차 방문하여 강변도로를 개설하면서 강변도로 밖에 땅을 하천부지로 책정한 것은 위법이며 선량한 농민의 재산권 침해임으로 재심 요구를 청하여 1997년8월25일 건설부로부터 고수부지 해제통보를 받았습니다.

서울시에서 막대한 예산을 투입 제방축조와 폐오수 정화시설까지 추진중인데 이 곳은 자연부락으로 지번과 건물위치가 일치되지 않을뿐더러 1985년 정부시책에 의거 특정건축물 신고 당시 하천부지로 묶여 제외 대상 지역이므로 대부분 무허가 건축물임으로 행정관서에서 미리 미흡한 사항을 조사해서 앞서가는 행정이 필요 한 시기가 아닌가 생각되며 구청장께서는 해당 부서에서 주민편에 서서 행정이 적극 추진토록 방향을 제시해 주시기를 바라며 또한 그린벨트지역에는 도시계획도로가 전무한 실정인데 시계도로나 간.지선도로가 새마을사업으로 토지주에 사용승낙으로 도로확장 포장된 도로인데 구청에 어느 부서에서는 현황도로를 인정하여 제반허가 처리를 하고 또 어느 부서에서는 현황도로는 사유지가 접해 있으므로 도로로 인정할 수 없다하여 제반허가 처리가 불가하고 허가를 득하려면 측량후 도로로 기부채납하고 또 도로형질변경부담금까지 납부하라니 그린벨트로 묶여 재산침해를 받고 또한 도로 기부채납하고 형질변경부담금까지 납부해 이중삼중 피해를 보아야하니 구청에서 현황도로 측량 분할을 하고 그린벨트 내에 거주 주민의 피해를 극소화할 수 있는 방안은 없는지 연구 검토하여 정부시책과 병행해서 균형 발전을 이룰 수 있도록 방향을 제시하면서 저의 5분 발언을 끝까지 경청해 주신데 대해서 감사를 드리면서 5분 발언을 마치겠습니다. 감사합니다.

존경하는 김영철 의장님을 비롯해서 선배동료의원 여러분 그리고 김충환 구청장을 위시한 관계공무원 여러분 안녕하십니까?

건설재정위원회 심재풍의원입니다.

저의 5분 자유발언 내용의 요지는 완숙퇴비의 사용권장 내용이 되겠습니다.

우리 강동구 지역만 하더라도 천호 구사거리, 풍납동, 성내동, 길동 고분다리, 바위절마을, 고덕동 염주골, 견외마을, 능곡 평촌 자연부락이 형성되어 있었고 계내주택가와 임야를 제외하고는 전부 개발이 되었고 우리 강동구 변두리 지역만 약 500여 가구가 살고 있는 실정인데 농산물 수입개방이 되고 쌀은 너무 많이 생산되어 전국 농민들이 살수 없다해서 농민들이 시위를 하고 있는 실정인데

우리 강동구 농촌 지역은 상수원 보호지이며 유일하게 도시근교 농촌 지역으로 청경채소를 재배하고 있으므로 유기질 비료 퇴비를 사용하지 않으면 질 좋은 채소가 생산 될 수 없으므로 농가에서는 저렴하고 효력이 좋은 돈분이나 계분을 사용함으로써 주위 환경 오염은 물론 악취와 비위생적인 파리 모기가 많이 발생되어 좋지 못한 현상이며 특히 암사선사 유적지에 많은 시민과 외국 관광객이 오고가는데 이런 악취가 나서 민원이 야기된 적도 한두번이 아닌줄 알고 있으며 전번 암사2동에서 신고된 민원 처리도 공무원들이 출장을 하여 고발한다고하며 사후 대책은 없는 실정이었습니다.

　　과거 미사리 조정경기장 개장식 때도 미완숙 퇴비를 사용하지 못하게 하면서 비료나 금비를 지원해줬고 또한 인근 하남시에서는 몇 년 전부터 돈분이나 계분을 사용하지 못하게 단속을 하면서 하남시와 하남 농협에서 예산을 편성해서 완숙 퇴비에 시가 3,000원짜리 포대당 500원에 공급하였으며 영세 농민들을 지원해 주고, 주위환경을 보전하고 있는데 우리 강동구에서는 해결 방안모색은커녕, 단속 위주로만 행정을 전개하고 있으니 일류 강동이라는 말이 어색할 정도이며 잠시 먹고 즐기는 예산보다는 백년대계 우리 강동구에도 선량한 농민의 심정에서 단속보다는 위로와 지도자 입장에서 예산편성을 해서 지원해 주는 것이 생산적이고 또한 개발을 우선해야 하는 것이 당연지사가 아닌가 하며 집행부에서는 치밀한 계획과 예산을 확보해서 지원해 줄 수 있도록 행정 방향을 제시하면서 5분 자유발언을 마치겠습니다.

　　끝까지 경청해 주신 여러분께 감사드립니다.

　　감사합니다.

청송심씨(靑松沈氏)

여주 납골묘 완공 기념제를 지내는 모습

1) 청송심씨(靑松沈氏) 씨족(氏族)의 연원

청송심씨(靑松沈氏) 고려 충열왕(忠烈王) 때 문림랑(文林郎)으로 위위사승(衛尉寺丞)을 지낸 심홍부(沈洪孚)를 시조(始祖)로 받들고 있는데 그의 생졸(生卒)연대나 사적(事蹟)의 자세한 기록은 실전(失傳)하여 알 수 없다. 그의 증손 심덕부(沈德符)가 우왕(禑王) 때 문하찬성사(門下贊成事)에 이르러 청성부원군(靑城府院君)에 봉해졌다가 청성군충의백(靑

城郡忠義伯)에 진봉되어 후손들이 청송(靑松)을 본관(本貫)으로 삼게
되었다.

2) 씨족사(氏族史)

조선조 5백년을 통해 청송심씨(靑松沈氏)는 정승이 13명에 왕비가 3
명, 부마(駙馬)(임금의 사위) 4명을 배출하였으며, 사색(四色)의 주류인
서인(西人)집으로, 혹은 왕실의 외척으로 이 나라 정계를 주름잡았다.
청송심씨(靑松沈氏)의 상신(영의정·좌의정·우의정) 13명은 전주이씨
(全州李氏)의 22명 동래정씨(東萊鄭氏)의 17명 안동김씨(安東金氏)의 15
명에 이어 제4위가 되지만 이 가운데 영의정이 9명이나 되어 영상(領相)
수로는 전주이씨(全州李氏) 11명에 버금간다.

한편 왕비 3명은 청주한씨(淸州韓氏) 5명, 여흥민씨(驪興閔氏)와 파
평윤씨(坡平尹氏) 4명에 다음가는 숫자로 이 통계만으로도 이조시대에
청송심씨(靑松沈氏)의 정치적 사회적 지위가 어느 정도였는가를 짐작케
한다.

● 왕비(王妃)

소헌왕후(昭憲王后) : 세종비(妃)·심 온(沈 溫)의 딸
인순왕후(仁順王后) : 명종비(妃)·심 강(沈 鋼)의 딸
단의왕후(端懿王后) : 경종비(妃)·심 호(沈 浩)의 딸

● 부마(駙馬)

심 종(沈 淙) : 청원군
　　　　　　　　태조대왕의 2녀 경선공주(慶善公主)와 결혼

심안의(沈安義) : 청성위

　　　　　　 세종대왕의 2녀 정안공주(貞安公主)와 결혼

심익현(沈益顯) : 청평도위

　　　　　　 숙종대왕의 3녀 숙명공주(淑明公主)와 결혼

심능건(沈能建) : 청성위

　　　　　　 영조대왕의 11녀 화령옹주(和寧翁主)와 결혼

● 상신(相臣)

심덕부(沈德符) : 정종조 · 좌정승(左政丞)

심　온(沈　溫) : 태종조 · 영의정(領議政)

심　회(沈　澮) : 세조조 · 영의정(領議政)

심연원(沈連源) : 명종조 · 영의정(領議政)

심통원(沈通源) : 명종조 · 좌의정(左議政)

심희수(沈喜壽) : 선조조 · 좌의정(左議政)

심　열(沈　悅) : 인조조 · 영의정(領議政)

심기원(沈器遠) : 인조조 · 좌의정(左議政)

심지원(沈之源) : 효종조 · 영의정(領議政)

심수현(沈壽賢) : 영조조 · 영의정(領議政)

심환지(沈煥之) : 정조조 · 영의정(領議政)

심상규(沈象奎) : 순조조 · 영의정(領議政)

심순택(沈舜澤) : 고종조 · 영의정(領議政)

　고려 때 위위시승(衛尉寺丞)을 지낸 심홍부(沈洪孚)를 시조로 현재 31
세손[항열 : 장(章ㅇ)]까지 7백50년의 뿌리를 내려 일가수는 21만여명으로 249개 성(姓) 중 31위로 적은 인구수가 벌성(閥姓)의 지위를 누리는 건 역시 조상의 벼슬이 화려했기 때문이다.

시조의 증손인 심덕부(沈德符)·원부(元符) 형제에서 세계(世系)는 크게 둘로 갈린다. 이성계(李成桂)의 역성혁명(易姓革命 왕조가 바뀌는 것) 후 좌정승을 지낸 심덕부(沈德符)의 후손은 대대로 서울에 살면서 벼슬을 지낸데 비해, 동생 원부(元符, 號:岳隱)의 자손들은 새 왕조의 벼슬을 마다하고 두문동(杜門洞)에 들어간 그의 유훈을 지켜 〈선훈불사(先訓不仕)〉라 하여 대대손손이 고향에 살며 경직(京職) 벼슬을 멀리 했다.

현재 경북 청송군(靑松郡)을 비롯해, 영남(嶺南) 일대에 퍼져 사는 심씨(沈氏)들이 악은(岳隱)의 후손들이다. 이들은 형 집인 심덕부(沈德符) 집안을 가리켜 〈서울집〉이라고 부른다. 그 숱한 상신(相臣)·문형(文衡)·왕비들은 모두 〈서울집〉 출신들인데, 오늘날에도 각계에서 활약하는 저명인사들의 대부분이 심덕부(沈德符)의 후손들이다.

〈서울집〉은 심덕부(沈德符)의 아들 7형제에서 도총제공파(都摠制公派)·판사공파(判事公派)·지성주사공파(知成州事公派)·인수부윤공파(仁壽府尹公派)·안효공파(安孝公派)·청원군파(靑原君派)·동지총제공파(同知摠制公派)의 일곱 파로 대별된다.

아들이 7형제이니 이로부터 자손이 번창하였으며, 그중에서도 넷째 집인 인수부윤공(仁壽府尹公 諱:澄)파와 다섯 째 집인 안효공(安孝公, 諱:溫)파가 번성하여 굵직한 벼슬을 도맡아 했다.

특히 심 온(沈 溫)은 세종의 장인(世宗大王妃 昭憲王后)으로 영의정을 지냈고 여섯 째 심 종(沈 淙)은 태조의 부마가 되었다.

그러나 심 온(沈 溫)은 임금의 장인이면서도 상왕(上王)인 태종의 비위를 거슬려 끝내 사약을 받았던 비운의 주인공이기도 하다.

태종은 아들 세종에게 왕위를 물려주고도 병권(兵權)만은 그대로 쥐고 있었다. 심 온(沈 溫)의 막내아우인 심 정(同知摠制)이 태종의 병권 장악에 불만을 품고 "명령이 두 곳에서 나온다"고 병조판서(兵曹判書) 박 습(朴 習)에게 말한 것이 상왕(上王)의 귀에 들어갔다.

심 정은 국문을 당하고 〈불평배의 두목〉으로 심 온(沈 溫)이 지목당해 그는 명(明)나라 방문에서 돌아오는 길에 압록강을 건너자 체포되었다. 결국 그는 수원(水原)에서 사위인 세종이 내린 사약을 받은 것이다.

심 온(沈 溫)이 영의정에 오를 때 나이가 44세였으며, 그 바로 밑의 좌의정이었던 박 은(朴 블)은 6세가 많은 50이었다. 심 온(沈 溫)이 명(明)나라 사절로 서울을 떠날 때 도성(都城)이 텅텅 비고 철시를 했으며 그가 지나는 서대문의 독립문 길은 인산인해를 이루었다는 것이다. 당시 상왕인 태종은 "처족(妻族)이 성하면 왕권이 불안하다"는 철저한 외척 배격 정책을 쓰던 때였고 이를 틈타 박 은(朴 블)은 상왕(上王)에게 "심(沈)영상에게 인심이 쏠린다"고 했다는 것이다.

이 고변으로 태종은 아들 세종을 시켜 사돈인 심 온(沈 溫)에게 사약을 내리게 했으니 현왕(賢王)이라는 세종(世宗)도 상왕(上王) 앞에서는 꼼짝 못했던 것 같다.

수원(水原, 지금의 북문(北門) 근처)에서 사약을 받을 때 금부의 진무 이 양(李 揚)이 "대감께서 자손들에게 남기실 말이 없습니까"하고 묻자 그 자리에서 "받아쓰게" 한 것이 "오자손 세세물여박씨상혼야(吾子孫 世世勿 與朴氏相婚也, 내 자손들은 대대로 박씨(朴氏)와 혼인하지 말라)"였다.

이 유언은 불문율처럼 심(沈)씨들에게 배어 있다고 한다. 이 내용은 심 온(沈 溫)의 신도비문(神道碑文)과 이긍익(李肯翊)의 사록(史錄) '연려실 기술'이나 '대동야승(大東野乘)'에 기록되어 있다고 심(沈)씨들은 말한다. 자신과 일족의 죽음이 원통해서 그런 유언을 하셨겠지만 실제로 박씨(朴 氏)와의 혼인(婚姻)은 이혼(利婚)이 아닌 모양이라 한다.

심 온의 5대손 심 의(沈 嶷)와 심 융 등 두 형제가 반남박씨(潘南朴氏, 세칭 나주박씨(羅州朴氏)와 혼인을 했으나 후손에 아들이 없거나 아들들 이 융성하지 못했다는 것이다. 또 명종 때는 국책(國策)으로 두 집안의 혼인을 장려했지만 역시 가문이 번창하지 못했다는 것이다.

뒤에 문종은 심 온(沈 溫)을 복관시키고 안효공(安孝公)이란 시호(諡 號)를 내렸다.

심 온(沈 溫)의 작은 아들 공숙공(恭肅公) 회(澮)가 또 영의정(領議政) 을 지냈으니 부자영상인데 심덕부(沈德符)까지 넣으면 3대 정승이다. 역사상 3대(三代) 정승을 낸 집안은 달성서씨(達城徐氏) · 청풍김씨(淸風 金氏)와 함께 세 집 뿐이다.

청송심씨(靑松沈氏)의 상신(相臣) 13명 중 9명과 대제학(大提學) 2명, 왕비 2명, 부마 1명이 모두 안효공파(安孝公派)의 심 회(沈 澮) 후손에서 나와 〈서울집〉의 주류를 이루고 있다. 인수부윤공파(仁壽府尹公派)에서는 영의정 1명(沈之源)과 부마 2명(세종부마 심안의(沈安義), 효종부마 심익현(沈益顯)을 냈고 회(澮)의 증손인 연원(連源)·통원(通源) 형제가 각각 영의정(領議政)과 좌의정(左議政)을 지내 형제 영상이 되었다.

영의정 심연원(沈連源)의 아들 강(鋼)은 명종 장인이 되었고, 심 강(沈鋼)의 2남이 유명한 심의겸(沈義謙)이요, 6남 충겸(忠謙)이 병조판서(兵曹判書)를 지냈고 또 충겸(忠謙)의 아들 열(悅)이 인조 때 영의정을 역임했다. 경종의 장인 심 호(沈 浩)는 심 열(沈 悅)의 현손이며, 선조 때 대제학(大提學)에 좌의정(左議政)을 지내고 청백리에 오른 문정공(文貞公) 심희수(沈喜壽)는 심봉원(沈逢源)의 손자이다.

김효원(金孝元, 善山人)과 함께 동(東)·서(西) 분당(分黨)의 장본인인 심의겸(沈義謙)은 영상 연원(連源)의 손자이자 명종비(明宗妃)인 인순왕후(仁順王后)의 동생이다.

3) 서울시 집성촌 강동구 강일동 '벌말'청송심씨

강동구 강일동 '벌말'청송 심(沈)씨네는 50여가구가 모여 사는 서울에서 가장 큰 집성촌이다. 410여년 전인 조선시대 선조 25년(1592년) 임진왜란 중에 충청도 예산에서 피난 온 선조들의 후손이다.

벌말이란 벌판에 마을이 섰다고 할 정도로 너른 땅을 말한다. 같은 뜻을 가진 한자어 지명에는 평촌(坪村)이 있다.

벌말에서는 나이는 어려도 항렬이 높은 이에게 존칭을 써야 한다는 사실을 잊고 함부로 호칭하다가 혼이 나는 일도 적지 않다.

서로 새해인사를 하는 경우 나이는 자녀뻘이지만 항렬이 높은 이에게 머리를 숙여야 한다.

강동구의회 의장을 지낸 25대손 심재풍(69)씨는 "10대 할아버지께서 정착한 이래, 마을 규범 때문에 가끔 다투기도 하지만 성씨가 같아서인지 금방 화목을 되찾는다."며 마을 자랑을 빼놓지 않는다.

그는 이어 "최근 다른 성씨들이 마을로 들어오고 10촌 이상 촌수가 벌어지면서, 명절이면 친척들이 모두 모여 집집이 옮겨 다니며 차례를 지내는 데만 하루 종일 걸리는 옛 풍습이 사라져 아쉽다."고 한다.

4) 큰말산신제

"옛날 한 백성이 산에서 도적을 만났는데 갑자기 호랑이가 나타나 화를 면했다."고 운을 뗐다. 그는 이어 "그런데 정신을 차리고 보니 바로 앞 바위의 모양이 호랑이와 똑같이 생겨 그 사건 이후에 그 바위가 마을을 지켜주는 산신령이라고 믿게 됐다." 해마다 음력 7월 초하루에서 사흘 사이에 길일(吉日)을 가려 '큰말(벌말의 딴 이름으로, 큰 마을이란 뜻) 산신제'를 지낸다. 앞산 꼭대기에 올라 집집마다 추렴한 쌀로 떡과 술을 빚고 소머리를 제단에 올린다. 서울시내에서 행하는 유일한 산신제다.

동사무소 근무시절 사진

구의원 해외연수

2013년 겨울, 입대전 가족사진

2013년 마지막 가족여행

× × ×

맏며느리 성화, 규덕, 나영

손자 규덕과 손녀 영혜

왼쪽부터 영혜, 규덕, 진환, 서영, 나영

손자 손녀들과 막내아들 영보

기보, 경화, 미옥, 영보 네 자녀들 설악산 가족 여행

기보, 경화, 미옥, 영보 네 자녀들 설악산 가족 여행

2001년 건강하실 때 가족여행

막내아들 영보 결혼식

동아할아버지와 손자손녀들